青春

是一個美妙的夢，一組弦管齊鳴的交響樂，一副你看不大懂的現代畫，一首既纏綿也雄壯的詩歌。啊！千萬人歌頌的「青春」，是大自然間的彩虹，朝陽，雄風，春雷；是時晴時雨，乍暖乍寒，花放花飛惹人憐，惹人愛，惹人煩愁的三春天氣；是地心的吸引力，是大海巨川的源頭；多少人爲它傾倒，爲它苦惱，爲它癡狂！

青春之於人生，正如春日之在四季。春爲一年之始，是四季最綺麗芬芳，最具生機創意，也最富戲劇性的季節。青春是人生旅途的起站，人生一切的開端，也是人生最足珍貴終身嚮往的黃金時期。當你青春年少時，心如皎月，不染纖塵，滿腔熱血，意氣如虹，對人類前途和個人未來都充滿希望和信心。那時節，你相信自己，也相信別人。追求愛、追求美、追求眞。爲求理想的實現，你不惜赴湯蹈火，置個人艱苦生死於度外。因而在人類進步史上青年人寫下了數不清的輝煌册頁。你追求愛，實際上你就是愛的化身，聖經上說：「施比受更有福。」你也許根本沒有看過聖經，你祇是做你心裏所想做的。儘管你明日沒有米下鍋，你今天還是會傾你荷包中的所有送朋友住醫院，那怕你荷包中一文不名，你仍會把奶奶、媽媽給你的金鍊鍊送進當舖給你的窮朋友繳學費。路見不平，拔刀相助，投火涉水，救人於危，這些這些，都是你的正常行徑，那份刺激令你痛快，那份冒險和慷慨又滿足了你的英雄感。但你從不會想玩點別的什麼使自己的名字見報，上電視。

青春是一團火燄。燃燒着人體的神經中樞，形之於外，是冒險犯難，行俠仗義的行徑；發之於內是好奇心、創作慾、求知慾的勃動。無事找事的到處嗅、到處抓、往深處鑽，往根底挖，往不可知的渺渺中搜查。就憑這一股勁，這一份傻，使得人類文化藝術大放異彩。這是一團聖火，給人類帶來了光和熱。不過，這一團火燄受氣候環境的不利影響，也可能變爲一團野火，毫無選擇的到處引發，那就要變爲玩火自焚，不僅要燒毀自己，還要燒着別人。聖火與野火的引發起於一念、一步之差。或由於偶然，或由於個性，或由於環境氣候的導致，差之毫釐，謬以千里。人生舞臺上青春不但是喜劇演員，也是悲劇演員。由於生理，心理，腦力都正在蓬勃發展中，青少年有足夠的聰明和精力獻身偉大事業和理想，使人類充滿希望。但缺乏成熟的智慧以明辨是非，又給人類帶來不少紛擾和麻煩；他們有豐富的熱情行俠仗義，缺乏明靜的理智擇善固執；他們有旺盛的精力去發揮幹勁和傻勁，缺乏足夠的耐力以培養彈性和韌性；由於好奇，他們常常想遊戲人間，無奈稚嫩，又總是被人間所遊戲！青春，青春，這是不幸，還是幸？

青春是上帝對人類最公平的給與，每一個人都曾擁有過它。上帝把許多可愛的東西都給了青春，却不讓它逍遙自在，坐享其成。社會便是一個提金煉鋼的大熔爐，青春再嬌嫩，也免不了被扔進去提煉一番。由於它有這麼多可愛的長處，這麼多可惜的短處，又碰上這麼個狂風暴雨的時代，它又怎麼免得了不吃點苦頭，受點折騰，做出些自己以爲聰明的蠢事？也說不定智慧正是由堆積的蠢事中提煉而來。

「不識廬山眞面目，祇緣身在此山中。」不管他人如何嚮往青春，當你青春在抱時，不但不覺其可貴可愛，反覺事事不稱心，宇宙萬象萬物越看越是不順眼。待你亂撞亂忙一陣之後，偶一抬頭，才發覺眼前花事已近闌珊，攬鏡一照，臉上霞光也非昨日。頓覺渾身發揮不盡的精力，原像脹滿的汽球，如今似有了漏孔。一縷空虛寂寞的感覺頓上心頭，我的一切人生大計還才開始，甚或還未開始呢，她爲何如此匆匆不別而去？惶惑懊惱之餘，又想方法要把她追回來，幫助你大展鴻圖。歷史上聲威震天下的帝王，如秦始皇和漢武帝不都曾大大地發過一陣瘋，要把悄悄地溜走了的她追回來嗎？

無奈青春雖是艷如桃李，却也冷若冰霜。豈容凡夫俗子招之卽來，揮之卽去？她之是否與你生死不渝，端視你心是否亦如她心。兩心若是相印，精神自然交流，那怕你滿頭白髮，一臉皺紋，你那純樸熱誠一如少艾的心靈，自然使你精神煥發，和煦之氣薰人。使人之對你，正如對朝陽，如沐春風。你對理想鍥而不捨的追求，自然使你發憤忘食，樂以忘憂，不知老之將至。你愛人如己，到處看到需要扶助的人，你自然要抖擻精神四出奔走，活動和運動又都帶給你以不老仙丹。被需要、受人倚仗又正是人生的最高快樂境界，你雖不求青春，而青春却毛遂自薦與你同行。反之，你如果年方少艾，却是蓬首垢面，髒臭不堪，遊手好閒，自甘墮落。美如青春，豈肯甘心與你同流合汚？她不特早已退避三舍，卽令與你狹路相逢，也要掩面而過。像時下的嘻皮及一些自甘墮落的青少年，渾身上下除了戾氣，臭氣，和流氣，那有一絲半縷清新芬芳的青春氣息？青年人被譽爲人類的希望，如果社會上讓「這樣的希望」繼續發展下去，人類還有什麼希望？

今日的青少年，將是明日後日的社會中堅。今日的社會中堅，正是昨日前日的青少年，說不定還是問題少年。都是個中過來人，個中滋味，略一凝眸，仍在心頭。對跌跌撞撞，出現自己面前的自己過去的影子，我們又怎忍心視若無睹不伸手去扶他一把呢？當然，它們也許是燙手的洋山芋，記得胡適之曾說過：「照顧青年，有如照顧醉漢，你托住他的東邊，他向西倒；扶正了左邊，他又往右歪。」可是人類任何美好的景況，都要付出很大的代價才能得到，化腐朽爲神奇，也非一朝一夕，一二人之力可以竟功。是不是家庭，學校，社會該一同動動腦筋，動動手呢？

如果人間沒有春天，楊柳不會綠，百花不會放，女兒不會巧笑，鳥兒也不會歌唱，孩子們不會在青青的草地上又蹦、又唱、又打滾，老年人也不會心花怒放地「偷閒學少年」。人生沒有美好的青春，便沒有夢想，沒有愛情，沒有音樂，沒有藝術，沒有文學，沒有眼淚、也沒有歡笑！

不管三春天氣和青春的化身如何惹人落淚，令人煩，我們大家還是喜歡鳥語花香春光似海的世界，喜歡流點眼淚又可盡情歡笑的人生呀！

生活的藝術

提到生活的藝術，最容易想到琴棋書畫，蒔花垂釣，山水遨遊，悠然物外的隱逸生活。甚或連想起一些不事生產，不衫不履，身居陋巷，詩酒自豪的詩仙酒仙類人物。

一般人的觀念總以爲藝術是超脫世俗的。是一門高深奧妙的學問。只有少數人懂得它，也只有少數人能夠發揮它。大致的說：藝術是創造精美動人，而又深具意義的事物的一種技術。只要能被眞正了解，人人都可以不同的方式，盡善盡美去發揮它。

生活的藝術絕非不事耕耘，不問收穫的逃避生活的生活。而是致力有價値生活的創造，日新又新。不是脫離現實，逃避現實，而是美化現實，使現實與理想協調。琴棋書畫，蒔花垂釣，山水遨遊等休閒式生活，可以活潑心智，培養情緒，使我們不因過度緊張而生活失調。但，這些只是生活藝術中的花朶、插曲、茶、和微笑，並非全貌。

生活的藝術，適合任何環境，任何階層。居陋巷，如果能結合鄰里，同心一德，把環境衞生整理好，培養守望相助的精神，使巷內一切井然有序，貓犬不驚，也是一種藝術。

偉大的護士南丁格爾，被稱爲護士之母，也被稱爲偉大的藝術家。因爲她以她的智慧爲彩筆，汗淚與愛心爲彩色，人間爲畫版，繪出了一幅美麗動人、而又深具意義的畫圖。不管你站在什麼崗位，從事那一類工作，只要能多多動腦筋把工作做好，能夠去腐創新，使不可能成爲可能，把最甜美、鼓舞的感覺傳達給人，便是藝術。

我國社會素重文士，尤以古代爲然。對一般志行高潔之士如不爲五斗米折腰的陶潛，不受漢光武禮聘的嚴光特別推重。我常常想：如果這些高士賢人能夠委屈自己一點，把他的才智發揮出來，或直接，或間接把地方、國家治理好，除弊興利使多數人蒙福，較諸獨善其身，豈不更高一籌？獨樂其樂，何如衆樂？如果社會上有操守，有才智的人都獨善其身，孤芳自賞，社會如何能夠進步繁榮？大家的生活如何能夠改善？人類的生活是相互關連，相互影響的，和打棒球一樣，少數人不稱職，不盡責，常會影響全局。

人生本來就是現實的。離開了現實便不是眞正的人生。要想大家活得愉快一些，還是接受現實的人生，和它齊頭並進吧。應該改進的，要有勇氣想辦法去改進它；無法改進的，應想辦法去適應它，以圖共同發展。個人生活與羣體生活，以及家庭、戚友，都息息相關，必須步調協和，才能相輔相成。與人相處接觸太近，芝蔴大的小事，也能掀起軒然大波。要與人爲善，求自己心安理得，先要學習善忘。要忘記生活中一些不愉快的小事。要忘記張三、李四來說的「某某、某某背後如何中傷你。」忘記他人對你的些許欠缺，忘記應該忘記的一切和一切。人生苦短，如果終日去和那些一無是處，徒亂人意的人和事打交道，將使你一事難成。爲自求多福，使有限的時間作最佳的利用，有時，還得學學痴聾。

一面學習善忘，和痴聾。一面還要培養良好的記憶力。要記住歷史的啓示和教訓，要記住父母、師長的恩情，記住一些珍貴的友誼，記住祖國河山的壯麗，記住許多值得永留心懷的良辰、美景、和感人的事物。讓這些美好的記憶成爲一座「心靈的寶藏」，讓我們隨時可以由那寶藏中獲得希望，獲得勇氣，獲得信心，獲得喜樂與和平。

此外，還要學習「看」，學習「聽」，學習「想」。不但要看一切美好感人的事物，來鼓舞自己向美好的方向努力。更要看各種暗淡悲悽的情景，以激勵自己對這些情況的改進提出貢獻。要向遠處高處看，也要向近處低處看。不但要用眼睛看，更要用心靈去看。看，不但能增進對環境、時代、現實中一切現象的了解。看，也能隨時對我們提出警告和忠告。告訴我們何者當做，何者不當做，幫助我們明辨是非。

看了，還要「聽」。看使我們明瞭一切事物表面的情況。聽，使我們了解人們內心的感受和活動。在白天大庭廣衆之中，與人談話中自然聽到許多聲音，和申訴。更重要是我們孤獨自處時，在一片靜寂中，用心靈去聽白天聽不到、或沒有注意聽的聲音和傾訴。這些傾訴有的出自我們的骨肉家人，有的來自戚友故舊、部屬佣人。以及一切環繞我們週遭的人們，包括和我們唱反調、找麻煩的。這些直入心靈的聲音，常會引領我們進入設身處地之境。增進對人的了解、同情、和寬恕。人與人的感情有時也和我們的書籍、衣物一樣，由於我們的粗心任性，不加愛惜，時日一久便會褪色和破損。如果不及時注意整理修補，我們生命中將要失去許多可貴、可愛的東西。

想、看和聽使我們知道許多東西，了解許多人和事，想使我對事物的情況窮根究底，追求答案。想也使我們的生命發展飛揚。想像是偉大思想的前奏曲。想像也是一切文化藝術、創作發明人類進步的前奏曲。它獨來獨往、上飛摘星星，下潛遊海宮，向大自然挑戰，向歷史挑戰，使不可能成爲可能，白日美夢變成眞的都是些會發奇想，會做白日夢的又傻、又聰明的想像大家。使想像成眞的不全是聰明，而要靠一股傻勁。中國人因爲太聰明，架了許多空中樓閣，都因爲缺乏堅持到底，硬要求不可能變爲可能那股傻勁兒，讓它們永遠擱在空中，不能搬到現實世界來實用。譬如登上廣寒宮，騰雲駕霧的空中飛行，潛入海底大會戰，我們古代撰寫武俠小說的才子們早已策劃了。但他們都像玩票，只是自個尋開心，鬧着玩兒，帶給他人輕鬆的一笑，便鞠躬謝幕；不肯認眞去研究、實驗使自己智慧的種子落地生根，開花結果。所以自作聰明，自以爲是，永不及聰明中混和點傻厚、傻勁兒容易成事。要培養想像，激發想像力，一定要能甘寂寞，不怕孤獨。唯有在寂寂獨處時，那源頭活水才能滾滾而來。此中樂趣，欲辨忘言。至此境界，你自然不會有孤獨寂寞之感了。

生活藝術中最重要的一着還是「力行」：一切宗教、哲學、公式、設計、藍圖、偉大的眞理，如果沒有力行作後盾，都只是白紙上的黑字。只有行能使它活動起來，發生力量；只有行能把眞理釋放出來，賦與生命，再造宇宙人生；只有行能把偉大的思想釋放出來，激發壯大，發揮作用。個人的夢想、希望、計劃，沒有行去推動它，永遠是海市蜃樓。所以，行是生活藝術中的藝術。

爲了行的安全還需要一位交通警察，那便是信仰。人生是漫長而又驚險百出的旅程，不管你要奔赴那個目標，都可能要經過幽暗的深谷，崎嶇曲折的險道，和各式各樣的挑戰。再美滿的人生也不可能永遠是鮮花、美酒、和輕柔的音樂。再幸福的人也逃不了骨肉親人的永別，時代的斜風冷雨。再堅強的人也有軟弱的時刻。如果個人沒有中心信仰，總難免有方寸大亂、惶惶不知所可的時刻。信仰便是一隻有力的臂膀，你最需要它的時候，它便伸了過來扶住你，使你不致跌倒。你感到走投無路時，它把你由叢叢荊棘中引入正軌。但信仰不是獎券，它不可能使你發橫財，帶來意外的幸運。它只告訴你怎麼做，怎麼走最安全穩妥。叫你不要老當心別人，要多當心自己。專挑別人的刺兒，不能改善自己。檢視檢視自己，則將獲益無窮。別人不一定來推倒你，人，多是自己不小心跌倒的。只要自己當心，步子邁得穩，這一道門關閉了，另一道門自會開啓。正是山窮水盡疑無路，柳暗花明又一村。俗語說：天無絕人之路。天，便是你所信仰的眞理。

黃昏

宇宙萬物一目了然，熙熙壤壤的白晝是人類「行」的時間。有關天下事，個人事業多是在白晝進行，遇到阻碍斬荆披棘，簡單明瞭。四顧茫茫，不見天日的黑夜是人類思考和靜息的時間。萬籟無聲，一片靜寂中你儘可把一切人世紛擾關在門外，讓你的思緒自由自在地馳騁、今日的得失、明日的計劃、由你靜靜地檢討安排，不致受外物的干擾。茶餘飯後，你也不妨在沙發上一坐，好茶一杯，好煙一支，好書一本，自我享受一番。而黃昏，却徘徊在白晝和黑夜之間。宇宙萬物，人間百態都進入朦朧之境，若有若無，「夕陽無限好，只是近黃昏。」眼前的良辰美景如煙似霧，轉瞬卽逝，所以特別使人低徊悵惘，忽忽如有所失。黃昏該是屬於人類「感」的時刻，也可說是人類感覺最銳敏的時分。乖的孩子，白天玩得高與他並不在乎母親在不在身邊。可是一到黃昏時候，看不到母親他便要哭鬧起來，因爲那種如幻似眞的凄迷況味，使孩子們在感覺上需要支持，需要母親的懷抱。

瀰漫着淡淡哀愁的黃昏，淒迷、幻變、神秘、頗似美人哀怨的眼睛，它似乎對你有所訴說，它又顧盼徘徊，欲語還休。它常使你想起一些什麼，像破滅了的幻夢，失落了的童心；它也常引發你寂寂的鄉愁，縈懷的親情，使你禁不住發出一聲嘆息，滴下幾點清淚，哼出一兩句抒情的詩歌來！

若說白天是散文、夜晚是詩、黃昏則是古典的詞曲和音樂。它不像白晝那末明朗喧嘎，也不像夜晚那末幽暗靜寂；如醉如迷的晚霞餘暉，劃過天空的歸林鳥雀，悠悠蕩蕩的寺院鐘聲，輕淡地寫出了黃昏的神韻。

生活在現代都市中的人，感覺多少有點痲木。不過，如果你是個外鄉客，每到黃昏時分總難免有點說不出所以然的悵悵然的感覺，你也許不自覺地由坐椅上站立起來，走到門邊，打開大門一脚跨過門檻，一脚留在門裏，踟蹰瞻顧，若有所失，四顧空茫，呆呆的向天邊遠眺，咦，那是什麼？那些樹木、田園、溪流、山巒，哦！故鄉！故鄉的景色在悠悠白雲中時顯時隱，疑幻疑眞，你的心會不由自主的加速了跳動，故鄉此時是什麼情況？無人祭掃的先人墳墓是什麼情況？就是童年生活，離亂生涯，如煙往事，一幕一幕隨着迷離的故鄉景色回到你的眼前來，點點清淚，也隨着一幕幕情景的變換而愈滴愈密，涓涓不斷——。

呵，黃昏，像是一張小小的自鳴琴在我心上淒淒切切，日復一日，年復一年，使我永遠無法忘記，忘記生我育我的故鄉，忘記我家屋後的河流，河流兩岸的垂柳，垂柳下垂釣的白髮老翁和結着雙辮的小女孩。「小蟬，」老翁說：「你將來長大了就會知道，世界上任何美麗的地方，都不及這條河流，河裏的游魚，和兩岸的垂柳給與你的那份甜適暢快的感覺，那兒的泥土，也不及此地的芳香。」當時小女孩對祖父的話只是將信將疑。她希望眼面前那一流碧水能把她帶到比故鄉更可愛的地方。一愰，多少年過去了，世事滄桑，故鄉現在是什麼模樣？如今祖父墓木已拱，結着雙髮辮的小女孩也進入了哀樂中年，每到黄昏，祖父的話便在我身邊繚繞，時間愈久，離開故鄉愈遠，祖父的聲音愈是親切清明。

呵，黄昏牽引我進入遼遠的夢中，悠悠的鐘聲又把我由夢中驚醒。

靈感

靈感（Inspiration）是一種突然的感悟和感應。有如電光一閃，清風徐來，使在窮思苦想中的你茅塞頓開，源頭活水滾滾而來，一瀉千里。

我們常聽到人們說，「某某去到一個風景絕佳的幽境去找尋靈感，」或是「我近來沒有創作，沒有靈感。」其實，如果你飽食終日無所用心，專去等候靈感的光臨，靈感是永遠不會光臨你，而且會過你之門而不入的。吾人日夕所追求找尋的也絕不是靈感的本身，而是追求知識，追求眞、善、美的理想境界。靈感宛如吾人陷入撲朔迷離之境中突然爆發的火花，出現心頭的慈光，使煙霧迷濛的心胸豁然開朗「山窮水盡疑無路，柳暗花明又一村」，所謂福至心靈，如得天助。

有時，在你構思冥想之際，偶然遠處傳來寺院鐘聲，或是眼前颺下幾片落葉，甚或身邊經過一個孩童，一隊出征的士兵，都可能在不經意間觸發你的靈機，像是什麼東西觸動了你心上的彈簧銷，使你的思緒由堅固的陳殼中脫穎而出，如飛鳥出籠，良駒脫韁，翱翔馳騁，好不快哉！

但這種思緒的傾瀉，飛騰，突破，雖可能得自偶然觸發的靈感。在靈感光臨之前，必定經過你「上窮碧落下黃泉」、「語不驚人死不休」的自我摸索、鍾鍊、經營，它早已如箭在弦，所以能夠一觸卽發。靈感絕非憑空而降，唾手可得，俗語說：「精誠所至，金石爲開。」靈感是個才德兼備的佳人，她情有獨鍾，只愛精誠的知識鬪士。一個一文不名，甚至一字不識而勤於動手、動脚、動腦筋的小子，由於她的垂愛，可能一鳴驚人，名垂千古。對飽食終日，無所用心，自鳴得意之輩，她却從不假以顏色，任其碌碌一生，一無所獲。

靈感既無定型，也無定所，他千變萬化，無所不在。她可能遠在天邊，也可能就在你的左右；她可能在青山翠谷之中遨遊，也可能在書籍堆中高臥。她可能附粘在嬰兒無邪的眼波之中，也可能出現在白髮老婦的嘆息聲裏；愛讀萬卷書、行萬里路，喜歡用腦筋思考問題、發掘問題、找尋答案的人，最容易和她不期而遇。

歷史

歷史是人類頭腦和心靈的紀錄。它紀錄了人類的智慧，也紀錄了人類的愚蠢；它紀錄了人類的博愛和奮鬪；也紀錄了人類的自私與瘋狂。

它像是一個飽經憂患的老人，背了望遠鏡和顯微鏡，一手提燈，一手拿着錄音攝影機，在人生坎坷的旅途蹣跚前進。他走過浩浩的沙漠，走過莽莽的叢林；繞過大軍出征的海灣，穿過槍林彈雨的陣地；他踏遍斷瓦殘垣血肉模糊的戰場，進出氣派堂皇歌舞昇平的宮殿；他仰望莊嚴肅穆的廟堂，俯察戰艦商船密佈的河海；他也深入風雨飄搖的陋巷，漫步在竹籬茅舍的田園；他眼觀四方，耳聽八面；他窺探每一個暗淡，或在暗淡中透着曙光的角落，欣賞各種陽光燦爛歡欣鼓舞的場面；他時而拿起望遠鏡登高望遠，時而掏出顯微鏡細察耳目所及的形形色色；他一面走，一面看，一面聽；一面攝取鏡頭，一面錄取音響；人間的喜怒哀樂，人生的風晴雨雪，人類的智哲賢愚，人性的莊嚴和醜惡，他都眞眞實實地一一攝取錄入。他一面永不止息地蹣跚前進，一面把他攝錄的鏡頭和音響放映給世人觀賞參考。

人間的智哲，由它得到啓示和教訓，他們或結合同志急起奮鬭，力求今日的人間畫面能夠美過老人攝得的鏡頭；他們或嘔心瀝血繪出人間樂土的藍圖，和到達樂土的途徑，藉圖覺醒大衆，同心協力創寫歷史的新頁。也有一些自以爲是的狂人，相信自己的雄心和力量，能夠否定宇宙一切的法則，對老人的紀錄視若無睹，他們爲所欲爲，攪得擧世惶惶，不可終日。他們（智哲）和他們（愚狂）的所作所爲，對世局世人的禍福利害，也被老人一一攝取錄入，照樣成爲後人欣賞、嗟嘆、怒駡和參考的材料。

歷史是一輪皓月，照見往古，也照見今世，它反映宇宙的一景一物，一動一靜，別忘記，它所反映的景物和動靜中也有你自己。

世界如舞臺，一個人絕對演不出一齣好戲，創寫歷史的新頁，人人有責。

世事滄桑，但皓月長明。

困難

困難似是和人類特別有緣，有人聲的地方便有困難的聲音。它有時出現在你的事業途中，有時出現在你的生活園地，有時出現在你的情感領域。不管你是帝王將相，是諸侯百姓、是男是女、是老是少、是上智、是下愚、是賢或不肖，凡是世人，誰沒被它打擊，痲煩過？它是人生旅程一大敵，無論你的方向，目標如何，總會遇到它的挑戰。你必須克盡智能將它一一克服，才能到達你的目的地。困難也是人生旅程的師友，它鞭策你，磨鍊你，試探你，也啓發了你；經由它得來的教訓，正是你擊敗後來挑戰者的最佳武器。困難還是燃發人類創造發明的火種，激勵偉大思想的推動力，沒有行的困難，人類不會架橋樑、修道路、造車船、製飛機；沒有住的困難，人類不會建房屋，使房屋改進，再改進，迄今的上凌雲霄、下浮水上。沒有吃的困難，人類連火種都沒有，別說廚房餐具，數不淸的美味佳饌了。沒有穿的困難，人類不會發明棉、痲、絲、羊毛、紡織和縫紉，更談不上服裝設計，和穿的藝術。沒有情感上的困難，倫理家庭不會建立。沒有彼此相處的困難，社會制度、社會秩序也不會產生。沒有許許多多科學、發明、法律、制度無法解決的困難，更不會有宗教。正因爲人類生活遭遇了各種各樣的困難，人類才不斷動手、動脚、動腦筋去克服那些困難，人類才有不斷的創作、發明，不斷的進步、日新又新。

困難來時，如何應付，雖然各有巧妙，但也有些原則可循。拋棄了原則，在眼前你以爲贏了的，實際上，無形中你已失去了你自己，那才眞正被困難一拳擊中了要害，倒下去再也爬不起來了。所以困難並不可怕，可怕的，是你不能夠自己把握自己，自己支持自己。」

我怎樣克服困難？

有一句話說：事之不如意者十之八九。遇到了困難，如果一味的逃避，只會增加痛苦。只有正視困難，克服困難，才會享受到「柳暗花明又一村」的樂趣。

我幼孤，剛入小學大哥不幸在北伐戰役中陣亡。我剛剛踏進中學門檻，二哥又一病不起。我個人的成長發展缺乏了父兄的扶持；相反地，我還未成年時就要負起侍長扶幼的責任。我遭遇的困難眞是不知有多少。

但我始終沒有被困難擊倒，這是祖父母和母親生前對我的愛使我產生的勇氣和毅力；也是一些尊長和朋友的鼓勵和護持，使我對人生懷着無盡的感激和虔敬之心，不敢妄自菲薄。

我生平遭遇最大的一次困難，是在初出茅廬，孤立無援的情況下發生的。那是在抗日戰爭初期，祖母和母親先後在故鄉病逝了。辦完喪事後，我趕回武漢，想隨學校撤退到大後方去。不意戰事失利，學校已經停課關門，師友不知去向，我在惶惶不知所可中，幸得一位父執介紹認識了婦女界領導人物之一的陳女士，她領我去見當時新生活運動婦女指導委員會生活指導組組長黃佩蘭。黃佩蘭說，有一批紗廠的女工要疏散到重慶去，正需要一個沿途照顧她們的人。她問我是否願意服務，這是一個無給職。我立刻答應。還有一位季女士和一位男士與我共同負責。黃佩蘭給我一個口哨，幾本名册，送我們上船，臨行還囑咐了一番。

船開後，我到包下的船艙裏點名，那一大堆鑽動的人頭中有男有女，有大有小，鬧成一片，我的心就開始卜卜跳。我不知道同行的人中還有幾十個男工。雖然他們都是女工的眷屬，我仍覺得有點麻煩。後來我想到還有季女士和那位男士，也就稍爲寬心了。誰料到在第三天，季女士就因胃潰瘍突發，呻吟床第，我和她兩人一房，我還得照顧她的飲食。到了第五天，那位男士又在上下艙口的時候跌傷了腿，動彈不得。

事實上，從上船第一天開始麻煩就源源而來了。有一天，我正在午睡，突然一個女工跑來說：「不得了，他們打起來了！」我跑去一看，酒瓶和茶碗滿場飛，幾個男工喝醉酒爲了賭帳大打出手。這時候，飛機又掠過船頂，敵我不明；飛機聲與吵鬧聲震耳欲聾，我差點昏倒。

他們大夥睡在擠得水泄不通的地板上，我老早就告誡他們不要抽煙喝酒，怕偶一疏忽惹起火警。他們當面唯唯，背着我仍是我行我素。那位負責的男士帶着一家五、六口，也和工人們一同睡在地板上。他也抽煙，和家人玩紙牌，這更增加了我在管理上的困難。我只能叫女工們管管自己的丈夫，不敢採取進一步的行動。我眼看那打得混亂的場面，心想是大難臨頭了！

無可奈何中，我吹起哨子。他們一時莫名其妙，停止了打鬪。情急智生，我立刻宣佈說：我們的行程有重大的改變，要他們對自己的去向重新考慮，重新登記。大家楞住了，好像酒也醒了一半。我又找了幾個明事理的男女工人來商量，告訴他們我對集體安全的憂慮，並解釋我想做的改進辦法，要他們也提供意見。得到了他們全力的支持和合作，我拿出了兩本簿子，要所有的男女工人登記。一本是登記去重慶的，條件是不喝酒，不抽煙，不吵鬧，還要把私藏的煙酒拿出來交給我保管，到了重慶發還。另一本是到了沙市，自己下船，自奔前程。

人人都登記要去重慶，只是有煙酒癖的人遲遲不肯把煙酒交出來。我又一再解說這是爲大家的安全着想。突然有一個年輕人，站起來大聲說：「國家到了這個地步，政府爲我們設想得這樣週到，我們還要不自重地胡鬧，不是自尋死路麼？還死有餘辜哩。」他立刻就把自己的私貨拿了出來，又說道：「我也不要麻煩葉先生了。」他的手一擧，把那些私貨向江中扔了出去。好像一陣風，那些人一個接着一個，都把私貨扔到江裏去了！我感動得流下了眼淚。

我又趁機把男女工人的居處用行李隔開，互不侵擾。還要他們每人寫一篇自傳，說明自己的經歷、能力和志願；不會寫的，自己說出來請人寫。我自己每天敎他們唱抗戰歌，並請那位男士就地對他們講防護知識等，還規定每星期六開會一次，如有問題大家提出來檢討解決。艙裏的這一場暴風雨過後，就一直是風平浪靜。我發覺他們的本性都很純樸，他們那一陣胡鬧祇是發洩心裏的苦悶罷了。

我在情急中使出的法寶，是我過去教主日學裏的孩子們得來的經驗。我曾在武漢唸書寒假太短了不能回家，便住在基督教女青年裏會幫忙教主日學的孩子們。我發覺要孩子們服你，你得關切他們，也要維持自己的尊嚴。對付搗蛋的孩子們的最佳辦法是給他們工作做，讓他們有表現自己的機會，使他們感覺自己重要。眞想不到那臨時的服務竟得到了無價的報酬，幫我解決了在江漢輪上發生的困難。江漢輪上這一課又對我以後克服別的困難有很大幫助。

克服困難需要勇氣、毅力、信心和耐心，要相信自己，也要信任朋友。一個人的手舉不起的東西，如加上幾隻手便輕而易舉了。我覺得做人要有原則，有所爲，有所不爲。無所不爲，雖能給你眼前一些方便。結果必將給你更多痲煩和困難，使你整個失去你自己。追求理想要有鍥而不捨的精神，奮鬬到底。對付困難要正視它發生的原因，對症下藥；不能固執己見，鑽牛角尖。有時我們遇到難題，苦思不得其解，有人一語道破，自己便恍然大悟了。

克服困難有時還得借重微笑。微笑是暴風雨中的寧靜。它的妙處是使自己保持鎭定，不會張惶失措，撞入歧途；它還能刀不刄血，收事半功倍的效果。諸葛亮的空城計便是用微笑克服困難的絕妙傑作。橋牌桌上和高爾夫球場上的外交活動也是微笑的微妙運用。

原載六十一年一月綜合月刊

家

飄泊天涯的遊子，在寂寂長夜的旅程中，偶然發現一片柔和的燈光由荒郊野屋的窗內透出來，「人家」！又驚又喜，他那孤寂無助的心靈立刻感到有了支持的力量。雖然，他並未見到窗內的人影，更未踏進這人家的門檻一步。

家，是一個溫暖暖的，有音響，有生命的字；一個親切切，有滋味，有情感的名詞；不管是你的眼睛、耳朵、心靈、或脚步接觸到它，一種安全、溫暖、甜蜜的感覺便油然而生。

依一般人的觀念來說：家是有血緣、有人倫關係的人們同居一處的居住所。無論它座落何處，是高樓華厦，是茅房陋室，它總是生活其中的人們的安全堡壘，是崎嶇的人生旅程中遭受挫敗，折騰後醫療創傷，恢復元氣的休養生息地。它與人世間所有建築物不同之處，是它裏面那種看不見，摸不着，一脚踏進去便感覺得到的「愛」和「安全感」。

家，是人世間最自由自在，無拘無束，溫暖和諧的所在。也是人世間最神聖莊嚴、不容侵犯的王國。爲人父母者在此敎養子女，爲人子女者在此奉養父母，社會秩序由此建立，社會安全，由此奠基。它是人類以愛創造生命，以愛培養生命，以愛綿延生命的聖地。

一個家庭內，如果缺乏愛作基礎，彼此間缺乏了解與關切，那就失去了家的意義。自然也不能帶給生活其中的人們那份安全自在，溫暖愉快的感覺。家之令人嚮往是那裏面沒有鬪爭、沒有恐懼、沒有猜疑，一家人一條心，肩膀緊靠肩膀，天塌下也抵擋得住。

人生最大的悲劇是河山變色，有家歸不得，無處可爲家。所以一般人全力以赴的目標多是建家立業，爲保衛自己建家立業的基地而奮鬪。因爲祇有在自由和平的土地上，你才能隨心所欲地建立自己理想的家園。

在這烽火漫天的時代，許多不幸的人們都失去了自己的家園，骨肉離散，生死茫茫。他們爲求個人安身立命之處，與幾個志同道合的朋友合租，或買下一處房屋，大家生活在一起，相互關照鼓勵，彼此雖無血緣關係，漫天風雨中彼此仍能享受一份溫暖與安全。所以，家，也是同道，友愛的人們的居處。推而廣之，市面上有所謂記者之家、婦女之家、兒童之家……等等。

有一種很奇妙的感覺，很難以理由解釋的是：幾個志趣相同的女性同居一處的住所，人們很自然的認爲那便是她們的家。如果幾個男士合住一處，大家似乎祇覺得那是她們的寓所，而不是「家」。家，又似乎和女人特別有緣，沒有女人的地方，佈置再華麗，它就是缺乏點家的味兒。

另有一種特殊情況，是古往今來都有失去家園，浪跡天涯，別有懷抱的傷心人。他們孤自一人租下一間閣樓，或數椽茅屋，或一層公寓，把大門一關，將人世間一切風風雨雨，是是非非全關在門外，他獨居其中，做他自己所要做的，想他自己所當想的，嘔心瀝血，日復一日，年復一年，終於一天，那扇寂寞的門開了，破石天驚，他的創作、發明，震驚了全世界，他那不受別人打擾的斗室，他的安身立命的方寸地，便是使他感到安全自在，可以無限地發展個人才華的「家」。這個孤寂的家使他改變了人類的歷史。家，似乎又可解釋爲個人保護自己、發展自己、昇華自己，獨往獨來的小天地。也有人爲自己「家」的建築形式、室內裝璜、庭院佈置大做文章，爲別人家的構圖提供高見。其實，家，是每個人自己的生活天地，應該隨各人自己的經濟情況，個人情趣來設想構圖。俗一點、雅一點，都不重要。祗要生活其中的人感到安祥愉快就好。可是，要保持「家」的和諧、愉快氣氛，生活其中的人都需要養成「律己」、「恕人」的工夫。和「勤勞」、「合作」的習慣。如果你自己整天懶洋洋的，看報、抽煙、嗑瓜子兒，事事假手佣人，或睜着眼看別人操勞，你的家再堂皇富麗，也不夠味兒。家之不同於旅館，全在那種氣氛和味兒。氣氛和味兒，不是金錢可以買到的，更不是佣人們所能創造培養的。一個家的氣氛，代表主人的文化水準。第一流的主人是使客人有賓至如歸的感覺。一個理想的家庭，不但生活其中的人感到安全自在，凡是來到的客人也能享受那份柔和、親切、與溫暖。給人愉快感的第一要件是整潔。髒亂亂的是怎麼也令人愉快不起來的。如何在整潔之中加上親切、溫暖、與愉快，那就全看主人的能耐，特別是女主人。以中國傳統文化的「好客」，與「人情味」來說：凡是到府拜訪的來賓，不論他的身份、階級如何。在不同的季節裏以淸淸亮亮的大玻璃杯，獻上一杯熱氣騰騰，或涼冰冰的茶，該的是最起碼待客之道了，偏偏有些中上之家的女主人，穿的全是舶來品，男女傭人好幾個，客人上門佣人端出一杯不冷、不熱的溫呑水，而那盛水的玻璃杯又模糊一片，灰暗暗的，你那怕渴得要命，也不敢用嘴唇去碰它一下。還有一種妙主人，以一杯剩茶殘水，給先後來到的客人一而再的加上開水端出來。望着她那渾身耀眼的華服，以及客廳中豪華的陳設可眞令人有點兒啼笑皆非，這種「家」眞是連茶館都不如。給與人的感覺不是溫情，而是冷颼颼的，尖薄薄的，那怕是鳥語花香的時節，身臨其境，也如來到了北冰洋。

家，又是人類溫情，人類文化的搖籃。一羣飽食終日，無所用心或專會動歪腦筋的荒唐鬼居住的地方，亂糟糟，雖然他們有血緣、人倫的關係，那種地方怎麼看也不像一個家。家是井然有序的、流汗的、創作的、歡笑的、生生不息、日新又新的。廣義的說；一個民族，便是一個大的家族。一個國家的國土，便是這個大家族的家園，是不容他人染指的。

家，是人間最可愛、最神聖的地方。

平常的人，窮畢生心力爲自己建家立業而奮鬪。

偉大的聖哲，終生一志，嘔心瀝血，爲世人安居樂業而奉獻。

男人和女人

這裏所說的是多數的男人和多數的女人，少數異於常人的男女，不包括在內。

沒有人能夠否認男人的智慧。古今中外攀登文學、哲學、科學、藝術、政治頂峯的多是男人，甚至第一流的裁縫和廚師也是男人。

也沒有人能夠證明女人的智慧不如男人。爲什麼在學問和事業的成就上就有這麼大的分別呢？

智慧只是成功的要素之一，還需要排除萬難的勇氣和百折不回的毅力，還要看環境的影響力，而個性又常常是決定一個人一生命運的最大因素。

男人好動，所以他永遠不滿現實，不安於現狀。他時時想動，不但要動手、動脚，也時時在動腦筋。男人的這種個性促進了人類進化、科學昌明和他個人的成就；也給人類帶來了禍害和戰亂。不斷地動是要發展自己、改善自己的生活環境，這樣永無止境地發展下去，就難免要妨礙別人的發展，或侵犯別人的權利（國與國、團體與團體間亦然）。這樣演進到各不相讓時，戰爭便開始了——冷戰、熱戰、心理戰、政治戰、科學戰、文化戰，花樣百出，愈演愈烈。男人們是一手提燈，照耀人類的前途；一手拿槍，破壞人類的和平。

我們常常聽到做丈夫的人衝着和他爭吵的太太說：「我把每月的薪水都給了你，讓你把一個家弄得舒舒服服的，你是衣食不愁，還吵這吵那，吵甚麼？」他似乎認爲太太可以生活了，還向他要求「溫情」這一類玩意，簡直是不識時務，不可理喻的事。如果太太再囉嗦下去，他準要說：「我整天在外奔波辛苦，還不是爲這個家，爲你和孩子們。你還不滿足，簡直是人在福中不知福，太不成話！」其實，他如果沒有這個家，沒有太太和孩子，他也照樣要整天奔波勞碌的。爲什麼？他要發展自己！

事業是男人的天地和生命。所以，他要窮畢生的精力與智慧去發展自己的抱負，恢弘自己的事業。不管他從事的是一種什麼事業。家不過是他發展事業途中的一個加油站，在不勝疲困和飽受挫折後的休養所。不消說，家人的愛和鼓勵便是重新燃起他的生命熱能的燃料。儘管口裏不說，多數男人都是對家懷着這種想法和期望的。儘管他對太太和孩子並沒多大的關注和愛撫，却認爲太太應該依順他、安慰他、鼓舞他，更重要的是敬佩他！儘管他在外面受盡挫折，抬不起頭來，却希望能夠在家裏英雄一下，贏得妻子兒女的敬佩！有時，妻子兒女的這種尊敬和鼓勵，對一個失敗的人確能發生起死回生、重復舊觀的作用。

家是女人的天地

女人嘛，本來有弱者之稱。她不想抛頭露面去闖天下、打天下。家便是她的天地和她的事業；家是她願意窮畢生的精力和智慧來求發展的場所。她期望丈夫兒女成功，自己去分享一份光榮，絕不希望自己去超越他們。爲什麼？因爲她的生命已在無形中溶化在他們的生命當中，他們的成就，就是她的。她寧願自己默默一生，不願丈夫兒女懷才不遇；她寧願犧牲自己可能在社會上出頭的機會和可以成就的事業，全心全力地去幫助他們。

事實上，一個主婦的智慧和愛心正是培養家庭中每一分子的生命活力的泉源。她要盡善盡美地去發展這個抱負，需要勇氣、智慧和忍耐，更需要一個和平、安定的環境，使她的孩子順利成長和順利地就學就業。所以，她又酷愛和平，厭惡戰爭，好維持現狀，怕變化多端。她需要定，因爲定而後能安，安而後能得。她對整個世局的態度是如此，她對婚姻的態度亦然。

這一切都是以愛爲出發點，爲愛奮鬭，爲愛犧牲，爲愛奉獻。當然，她愛人，也需要被人愛，需要感情上的慰藉和愛的鼓舞，因爲她也是人。智慧的男人常常忽視這一點，認爲「我沒有對不起太太，彼此年齡都大了，還來賈寶玉這一套幹嘛？女人是不可理喻的，越遷就她，問題越多，裝聾作啞爲上策。」殊不知這小小的不快和彆扭如果日積月累起來，便會造成大問題，一旦加油站出了毛病，你也別想快樂呀！

男人需要朋友

一個結了婚的男人絕不會因爲有了家便疏遠朋友。因爲，朋友是他發展事業的資本，失去了朋友，等於斬斷了他的手足。他絕不會爲了遷就太太而去棄絕朋友。女人呢？多數在結婚後便把精神集中在家和丈夫兒女的身上，不再像婚前那樣關心朋友，她在無形中會漸漸和朋友疏遠，以丈夫的生活圈子爲自己的生活圈子，和自己原來的生活圈子完全脫節。如果她異想天開，要求丈夫也疏遠外面的一切人和事，使他自己整個屬於她時，他會大驚失色，以爲她的神經失常，她如果堅持下去，還會影響夫婦的感情，甚至動搖婚姻的基礎。多情的太太們可別做這白日夢，千萬別去自尋煩惱，自討沒趣！正因爲你希望他功成名就，他就永遠不會整個屬於你！

優閒的生活可能把一個如花似玉的女人養得明艷照人，使一個憔悴的女人變爲豐潤。男人如果優閒下來就會發生反作用。男人需要不停的工作和勞碌。他越忙越精神，越累越起勁！因爲這才表示他被需要，他受倚仗，他有辦法，他棒！男人最怕將他歸檔。一個身體正常的男人一旦退休了，便會百病叢生，日漸消沉憔悴，甚至藉酒消愁，度日如年。爲什麼？他受不了閒和蒼茫暮色的包圍。

有些智慧的男人喜歡自己高高在上地欣賞有點才氣的女人，甚或興之所至，還不惜移樽就教，捧她一下。可是他們很少能忍受能幹的女人來和他併排走、齊步向前。儘管有許多文學作品歌頌愛情的偉大，事實上，男人心裏毫無保留地歌頌的女人還是他的母親。因爲母親永遠祇做兒子成功的橋樑和梯子，從沒有想到要和兒子併排走、齊步向前，甚或超越他（只有女皇帝武則天之流是例外）。男人喜歡的女人是需要他護持的弱者，跟在他後面亦步亦趨，永遠把他當英雄和聖賢般崇拜的女人。母親却是更高一着，她暗中扶着兒子走，表面上却是她在倚着他前進。她祇說她的兒子如何了不起，絕口不提她自己如何幫助兒子克服了困難、度過了難關。兒子犯了一百個錯，母親找得出兩百個理由來原諒他，絲毫不會影響她對他的愛心。智慧的男人心裏明白那個女人比得上自己的母親？

上面說了這許多，一言以蔽之，男人是以自我爲中心，不欣賞女人眞正趕上他，更別說超越了。男人的生命是事業，女人的生命是感情；男人的天地也是事業，女人的天地是家。因而儘管男女在智力上沒有差別，表現於外的就完全兩樣。

最後仍需要一個家

這是否就說明男人不重視家庭，不重視妻室兒女呢？那又不然。越是堅強的男人越需要一雙溫柔的手來安排他的生活，一片親切的聲音來調養他的精神和情緒，一個甜蜜的心來爲他加油打氣，一羣兒女來綿延他的生命，一個溫暖的家來安頓他的過度緊張和疲倦的身心！不信麼？瞧！

蓋世英雄拿破崙在槍林彈雨的前線還不忘和愛妻約瑟芬通音問，他後來忍痛和約瑟芬分手是因爲她不生孩子。叱咤風雲的楚霸王項羽被困烏江時還向愛姬發出「虞兮、虞兮、奈若何」的悲鳴。混世魔王希特勒在兵敗身危之際還雅興不淺地要和情婦補行婚禮，然後才雙雙自殺身亡。

男人在大難來臨時最先想到的，除了上天，就是他的家人。他會不惜生命來保障家人的安全和尊嚴，作他們的萬里長城。可是，家是男人生命的一環，可不是他的整個人生和天地。他只是少不了它，也重視它。從某些觀點來說，家對男人比對女人更重要，因爲女人會安排自己的生活，男人多數缺乏這方面的才能。不過，一個女人有了家，很容易丟開家以外的一切；一個男人有了家，便會藉重它來發展自己。

原載五十九年十二月婦女雜誌

穿的藝術

穿衣服得體也是一種藝術。所謂最佳服裝是自己穿着舒服，人家看起來也舒服。質料不在華美，款式不在新奇，自己是什麼身份、什麼年齡、在什麼時間、什麼場合該穿什麼衣服，就穿什麼衣服。

穿衣服要和週遭的環境氣氛協調。在郊外野遊、在菜市場、在前線勞軍，我們常看到穿着三寸半高跟鞋，渾身閃亮，五彩繽紛的長串耳環在肩上跳呀蹦的妙人兒，步履艱難，愁眉苦臉地在搖搖晃晃。眞叫人替她揑一把汗。試想想菜市場的髒亂和那又濕又滑的地面，她那一身行頭，除了她自己要提心弔膽，叫菜販向她抬高市價，叫小偷注意跟蹤，惹起一些意外的麻煩和損失，誰來欣賞？出外郊遊，自然是想在緊張煩亂的生活中求得一天半日的輕鬆解脫，自然要走走路、爬爬山坡、過過小橋、看看溪流瀑布、在草地上坐坐、伸伸腿。穿上三寸半的高跟鞋和華麗的服裝，豈不是來活受罪？既然把自己投入大自然的懷抱，最好自己也自自然然的，一身輕便的褲裝或套裝，一雙合脚的平底鞋，才眞輕鬆自在呢。

實用美觀的便服

有些家庭婦女圖舒服省事，日常在家不分晝夜都是睡衣一套，接待親友、出出進進，一派怡然自得。這實在有欠高明。記得我的母親那一輩婦女居家的便服是目前仍爲香港婦女普遍愛好的所謂唐裝。抗戰勝利初期，這種服裝在京滬間也流行了一陣。這種褲褂裝的上身和旗袍上身形式一樣，但腰以下寬鬆，下襬開短叉，較穿緊貼的旗袍舒服多了，也比目前流行的西式衫褲裝更方便，也更省材料、更容易縫裁。冬季的棉襖褲對老年婦女而言眞是再溫暖舒適也沒有。棉襖有領，頸部不易感受風寒。如將夏、春、秋三季的上衣改爲無領的小方領口或桃型領口，那就更理想了。這種服裝也有斜大襟和琵琶襟兩種款式，它適合任何年齡（由小女孩到老婆婆）、任何體型、任何階層的婦女。中國味十足，實爲一種很理想的日常便服，美觀經濟又方便實用。

我們在電視畫面上所看到的民初婦女，不管她的身份、家庭情況如何，除了佣人，家庭婦女都是整天穿着眞絲綢的長裙短褂裝。故事中她住的房屋簡陋，一間客廳兼飯廳的屋子裏只有一張方型飯桌、四條長凳，家裏沒有佣人，她得洗衣燒飯、上街買菜、操作所有的家事，却要她穿着全新的眞絲起花衣裙，巴巴頭上還插着珠花，配上大顆的珠耳環好像貴婦去赴宴一般，旣失眞，又令人有莫明其妙之感。民初的主婦、少婦正是我的祖母、母親時代的婦女，她們都經歷了戰亂，懂得生活的艱難面，她們都是非常勤儉的。事實上，那一代的婦女都是家庭經濟實權的掌握者，多數主婦都擔任了穩固家庭基礎的主角。不但中下人家的婦女不可能終日穿絲綢衣裙，卽小康之家的婦女，家中有佣人無須自己洗衣燒飯、上街買菜，日常居家也是穿布衣褲或所謂直貢呢或線嗶嘰質料服裝。只有少數豪富巨賈、軍閥家中的婦女才整天打扮得花枝招展。

穿旗袍難藏拙

臺北好些觀光飯店均以旗袍爲女侍的制服，強調中國氣氛，用意至善。但有些女侍的旗袍短在膝上五六寸，又無衣袖，緊緊地裹着那健壯不高、却豐滿有餘的少女身軀，好像快要爆炸一樣。讓人看了眞覺得又吃力、又窒息，似乎空氣都不流通了。這些女孩的腿多數粗肥而短，有的腿上還有疤痕。想想她給人的感覺如何？

我們要發展觀光事業，所展示的東西最好能強調東方色彩和中國文化的韻味。以婦女服裝而言，發揚我國文化的含蓄性與和諧性，實遠較撿拾西方的「暴露」與「爆炸」要高明多多。就拿觀光飯店女侍的服裝來說，要渲染中國情調，如果將前述的民初婦女的家常服略加改良，穿出來要比那種爆炸性的短旗袍美觀得多。穿這種褲褂裝做事方便，還能藏拙。對身材不高、腿粗而短的女子來說，更有掩短揚長之妙。穿上它要比穿上短旗袍身材顯得修長些；比穿西褲襯衫，更富中國味，也更秀氣些。

不數十年來，旗袍一直是我國婦女統一而具代表性的服裝。但它和亞洲各國的傳統女服都不同。它的伸縮性很大，它的形式可大可小，可長可短，可長袖，可中袖，可短袖，可無袖。長及脚背是禮服，短在膝上或膝下三四寸都算便服。禮服因爲長，下襬又窄，只能開高叉，否則行動不得。有伸縮性是它的長處，也是它的短處。可隨個人的喜愛去裁製，各好其所好，容易被大衆接受是其長處。但由個人變來變去可能變得離了譜，如前述的「爆炸型」不倫不類，又是它的短處。以旗袍作爲制服顯得雅緻大方的是中華航空公司空中小姐的服裝。無論旗袍的長短、大小及袖的長短寬窄，看起來均極柔和美觀。以空中小姐的身材儀態，又加專家設計，自當別論。對一般婦女而言，旗袍的領高而硬，又緊緊的裹着脖子，身窄、腰窄、襬窄，穿了實在行動艱難，工作不便。因此多數婦女都改穿洋裝和褲裝。只有一些中年以上的職業婦女仍舊穿旗袍。再過幾年，可能情況又兩樣。

而作爲夜禮服的長旗袍，在國際婦女活動的場合，在萬花鬬豔的朦朧燈光下，它又嫌太單調平凡，不夠富麗，不夠氣派，也不夠高雅。叉太高，襬太窄，週身太緊貼，行坐之間，穿者時時躭心太露腿不雅，儀態難以保持安祥雍容。如果加以改良，從腰下左右兩旁起褶，下部儘量放寬大，不開叉，或許能增添幾分飄逸之緻。行坐又較方便自如。去年年初，蘇州同鄉會舉辦彈詞演唱晚會，有兩位由香港來演唱的女士穿的長旗袍都從左右兩旁開高叉處內襯一層起褶的鮮麗色彩的柔軟綢緞。有叉之型，無叉之實。擧步投足，飄飄生姿，輕籠擁掩，頗能襯托東方女性的含蓄美。也許是香港的上海裁縫的創新之作。

中國風味的禮服

參加過去年在臺北擧行的亞洲影展開幕禮的人一定還記得開幕典禮中各國影星登臺亮相那一幕。女星們都是穿本國的傳統禮服出場。香港女星是青一色的及地長裙洋裝，我國女星一律是淡紅色的過膝旗袍，樣式很合適，但顯得平凡。論美觀、氣派、搶眼，都以韓國女星的服裝數第一。韓國傳統女服的特點是古雅大方，富東方色彩。頗似我唐宋時代的女服，斜尖領口，袖長及手背，袖口不大，寬大的長裙下及地面，上連僅過胸際的上腰，因而不顯腰。如果一個人穿着看來不及旗袍顯得整齊俐落。可是在正式的場合成羣亮相時，它就特別搶眼，顯得富麗雍容，飄飄若仙，一點不落俗套。女人服裝擁掩不露，遠較一目了然夠風儀韻味，也更具吸引力。旗袍的瑕疵何在就不言可喻了。

我們在電視劇中常見的那種民初婦女的長裙短褂裝，作爲今日家庭婦女的日常服雖不相宜；若作爲夜禮服在國際婦女活動場合亮相應較旗袍惹眼出衆。它是獨具一格，和東西各國女禮服都不相同。是古典、華麗、不折不扣的中華文化產品。這種服裝的上衣也有斜大襟、琵琶襟兩種，下襬有小圓角、大圓角、方角、猪腰型等。唯常在電視上出現的小鳳仙領顯得小氣，又難裁縫，易髒，易壞，難以整理，殊不足取。所配長裙有週身起褶的百褶裙，百褶裙有整幅綉花、脚邊綉花、釘珠花或素一色的。還有一種前後兩幅正面無褶，整面綉花，左右兩旁打褶不綉花；也有兩幅正面爲素綢或錦緞、兩旁起褶的爲綢料的，均很別緻。對一般出國獻藝的藝人尤爲合適。最好配穿綉花鞋更調和。身材不夠修長的人不妨訂製與衣裙色澤相配的緞料薄底高跟鞋，式樣文秀一點的。如果脚踏厚底粗跟的高跟鞋或寬厚渡船型的平底鞋，肩背書包型的大皮包，走起路來挺胸濶步，起步落脚裙裾飛揚就顯得不倫不類，不堪入目了。身材窈窕、步調婀娜閨秀型的女性穿出來是夠味兒的，對主婦型的婦女也還合適。爲使身材顯得修長些最好上身稍短，配裙長一點。

國民外交活動的範圍日廣，婦女扮演的角色也不含糊。在國際活動的場合總以穿本國服裝爲好。尤其在一般正式典禮或盛大晚宴中，各國婦女都是穿本國禮服出場。亞洲各國更是考究，她們不但穿傳統的女禮服，連鞋子、帶手錢包成一整套，如韓國、日本，她們穿傳統服絕不穿高跟鞋，以求和諧統一，特別惹眼。一國的衣冠也代表一國的文化。我們的旗袍既已日趨沒落，有關單位實在應該找幾個有才氣、有藝術修養的服裝設計家研究我國歷代婦女的服裝，推陳出新，設計出幾套適合今日社會生活形態的女禮服和女便服來。否則，再過幾年，中國婦女便沒有人穿本國服裝，也沒有本國服裝可穿了。

改善服裝展示形式

臺北近年來舉辦的服裝展示大多數都是各紡織廠商主辦的，目的在推銷產品。無論現場設計或服裝的款式，多是追隨歐美及日本的餘風，殊少創新之作，更沒有足以代表民族文化的風格的。且千遍一律都是只適合十七歲以上、四十歲以下的婦女穿着。還有許多服裝是只能在伸展臺上擺擺姿式，不適合各階層、各類年齡婦女實際生活的需要。

以目前全球婦女的生活形態來說，褲裝和輕便套裝是最實用了，但上裝款式是可以變化的。如果經濟實惠，適合實際生活的要求，不但能在國內流行，也可製作成衣向世界進軍。目前正是西方人嚮往東方的時候，外銷成衣若沿用人家已近尾聲的款式，在氣勢上和趣味上均居下風，如何能大開傾銷之門，搶在人家前面呢？何況女人在服裝方面最好新奇、最敏感，服裝界又何妨大膽一試。卽令推出幾套算是投石問路的具有東方色彩的女服來也可一新耳目。

服裝展示的形式也可換換方式，以吸收更多觀衆，發揮傾銷產品和教化的雙重效果。尤其電視臺辦的服裝展示，如果能以故事體、連續劇的形式演出，定能以同樣的本錢，收到更多的利息。我們不是正在倡導文化復興和禮儀規範嗎？又何妨配合來徹呢？假定以一家人祖孫三代人物的活動爲中心，加上他們的親友編成故事演出，那就可包括各種年齡，由嬰孩到七十歲的老夫婦，各種身份、各種場合、各種季節的服裝和禮儀示範，婚喪喜慶、國際活動的開會程序、酒會、晚宴、中餐、西餐、探病訪友、郊遊旅行全可包括在內。譬如：目前流行在飯店酒館行婚禮，亂糟糟得莫明其妙，又十分浪費。何妨請專家設計一種莊嚴節約、配以國樂的中式婚禮及新娘、伴娘的服裝。把這種內容作爲連續劇演出，可以有系統的發揮，定較在電視畫面上打出的字幕效果大得多。連室內佈置、庭院點綴、插花、烹飪均可一網羅盡，作爲家庭節目，定可受到歡迎。

不管是服裝的款式、展示的形式、人類生活的形形色色都是少數人想出來的，並非一成不變。每一個國家的生活形態都各有其特點，不一定要跟在人家後面學，我們自己也可創新呀。

原載六十四年一月婦女雜誌

春節

春節是我國家人團聚、樂敍天倫的民間節日，也是民間的公衆假期。過去我國以農立國，一般人們忙了一個春季。忙了一個夏季。又忙了一個秋季。到了冬季收割已過，倉廩已實，所以在春節期間大家都和家人戚友痛痛快快的團聚歡敍一番。亦藉以調劑身心的疲勞和緊張，以增進體力和工作効能。我的故鄉是在湘東醴陵。湘省素稱魚米之鄉。而湘東又屬湘省的富庶地區。平日一般人民生活勤勞簡樸而愉快。本鄉本地沒有乞丐，有；也多是由外鄉外縣來的。春節期間民間的歡敍和休閒，也很少以賭博、浪費的方式出之。而是在一片亮光、色彩、和聲響的歡樂氣氛中，發揚着追先念祖、敬老慈幼、睦鄰卹貧的傳統文化。我的故鄉和臺灣一樣，稻穀一年收割兩次，中間還收割一道雜糧。晚稻是農曆九月裏收割的。差不多從農曆十一中開始，民間便作過年的準備，人民忙碌的情形，漸漸由田野轉到家庭，男人們忙着修理房屋、猪圈、牛舍，結算往來帳目，計劃明年。主婦們忙着爲全家人添製新衣、新鞋、新被蓋，尤其是孩子們的新年穿戴。而一般民間嫁娶，也都定在臘月舉行，更渲染了這份忙碌和喜氣。如果有女新嫁，還要爲新年回門（回到娘家）的女兒和新姑爺的居處佈置預作安排。那些老姑爺、老姑奶奶和他們的孩子們也都要來拜年，他們都要在外家住上一月、半月，或三天五天不等。自家兒子媳婦和小孩們也要到外婆家拜年去。這些人情往返的禮品，穿着（拜年都穿新衣）都要早早計劃好，才能有條不紊。因爲多數携來帶往的禮物，都是婦女們自己的手做的衣物、鞋、帽、糕菓等。每一份禮品都包含着婦女們的才智和深深的情意。儘管忙，人人都忙的喜上眉梢，百忙中各自享受着一份秘密的樂趣和希望。老奶奶爲卽將團聚的女兒和外孫們而樂。少婦爲卽將拜見娘家父母而樂。少女們爲卽將來臨的許多歡樂節目和一些新的穿戴而樂。孩子們的樂更不必說了，而男主人，也很少被債戶所迫而抬不起頭來的。到了臘月便逐漸進入高潮。多數人家都殺猪宰羊，有的人家還殺兩三頭猪，除送親友外，還大做各色臘味。（一般家庭的臘味，都要吃到次年六七月），殺猪的當天，鄰居們都互請吃飯，歡敍一番。富裕人家多在臘月初連米糧帶肉類衣物分贈附近較貧寒的孤寡老弱。臘月八日吃臘八粥，因爲要請已經去世的祖先來評評後輩兒孫媳的手藝，所以主婦們總是想方設法使自家的臘八粥別緻可口。食時還要配上精緻的小菜、和糕點。配備齊全後，放在祖先靈位前的桌上，焚香燃燭的奠祭一番後，家人才吃。此外，家家戶戶都要在年尾來一次清潔大掃除和除舊佈新的工作。從廿四日小年迎祖開始，到元宵晚宴送祖結束。前後二十天，天天都在祖先靈位前供奉三餐酒菜和茶點。（家鄉人每日吃三餐乾飯）在每餐的頭一輪上酒時，家主領着兒孫輩三跪九叩首的向祖先拜敬，同時擊磬三響，並燃放鞭炮。擊磬也有一定方法，發出的聲音才會悠遠深沉、虔敬和樂。如果急急忙忙的亂敲一陣，則發出一片慌亂燥急的聲響，完全失去了虔敬的意味。我家還有一套專爲祭祀祖先的精美餐具，由一名老佣人負責管理，可見對祀祖的重視。

除夕上午，家家戶戶的大門兩側都貼上了用大紅紙寫的春聯。一般書香之家的客廳和書房，也換上帶點明朗色彩和吉祥意味的字畫。由黃昏時分開始，每棟住宅的每個房間都點上燈光（象徵來年一片光明景象。）並用晒乾了的松柏樹、或楓樹根頭在正廳燃一大爐柴火。這幾種樹都有油脂，所以發出的火光特別明亮，使得整個大廳一片紅光，顯得暖洋洋的。還發散出陣陣的香氣，置身其中，眞有如浴春陽之感。除夕的晚餐，也是一個高潮，一道又一道的菜點名目繁多，但其中一定有一道是「全家福」，由海參、魷魚、多筍、多菇、鴿蛋（鷄蛋亦可）、火腿片、鷄片、蛋皮肉丸……共十樣的大雜燴。還要有火鍋，大概取其團圓溫暖，樣樣俱全，帶有吉祥意味。此外還有幾碟小菜，以調和口味。自然也是祭祀祖先後，大家才開動。食時一家大小連佣人都坐在一張圓桌上共食，有的圓桌可坐十六人，家中人口超過此數就祇好分桌了。並飲自己家裏做的糯米甜酒。因爲婦女和兒孫輩，都要向長輩敬酒，所以除夕的團圓飯，都不用烈酒。餐後，一家人都圍爐而坐，一面談笑、一面用些茶點，爐火熊熊，把每一張臉都照得紅紅的，每一個心都是溫洋洋的，到了子午時相交的那一刹那，更是高潮中的高潮到了，一時左鄰右舍但聞一片開門聲，家家忙着迎接財神，鞭炮聲四起，有如春雷一樣到處震動着，財神爺嚇得無處可逃，自然祇好逃到人家家裏去。接到了財神，大人們便心安理得去睡了，「守歲」，祇是孩子們的傻勁兒。

元旦，家家戶戶都清晨起來，人人穿着一新，由家主領導家人向祖先拜年後，便以長少爲序，依次，相互的拜下去。做老奶奶的要早準備好大大小小的紅包，放在一個精緻的盤子裏，給拜年的晚輩和傭人每人一個，而且要恰如其份的做到皆大歡喜。祝福聲、鞭炮聲、歡笑聲、祭祖的磬聲是元旦的交響樂。加上孩子們和少女少婦們身上花花朶朶、綠綠紅紅的新衣服。和家家戶戶門前的大紅春聯，渲染着春節的和樂氣氛，和莊嚴氣氛。更因爲這份和樂是家中的男人和女人，一同以他們的汗水，和智慧所創造的，在歡樂中更加深了溫馨的親情。元旦早餐食素，但仍是像正餐一樣，要好幾色素菜來佐乾飯。初二早餐吃麵。但要炒幾盤菜，湖南人一年到頭早晨都和中晚餐一樣吃乾飯，祇有初二例外。年糕湯圓等，照例祇能當點心，不能當早餐。新年的應景點心，中上人家除年糕湯圓外，還有四喜羹，即以桂圓、紅棗、蓮子、鴿蛋或鷄蛋煑的甜湯。蛋連殼煑熟，去殼後整個放在紅棗蓮子湯裏煑一煑即成。如拜年者是男賓，除了甜食，還備有幾色臘味和小菜，由男主人陪着小飲幾杯（決不大醉）以助談興。飲無定時，客人隨到隨飲，不上飯。從元旦到元宵，家家戶戶，天天都要準備好宴客的酒飯，招待稍遠地區的拜年客。初二、初七、十五，都是幾個節日，初二叫「出外」，家主出門拜年，要放鞭炮送，那怕一會兒就回來。初七叫「上七」、十五是「元宵」。這三天，家家又大殺鷄鴨，備酒菜，祭祖先。那怕沒有拜年客，初二、初七的中午，元宵的晚餐，家人也自吃自喝一頓，以示慶祝。

元宵和近元宵的幾晚、鄰里的子弟，無分貧富，組合舞龍舞獅隊，像聖誕夜教堂的唱詩班報佳音一樣，到附近一些尊長家裏去歌舞，他們一面舞，還一面唱，家家都打開大門，燃放鞭炮接送。歌舞畢，有些還在廣場或大廳裏表演幾套中國工夫，家家都招待他們茶點、酒菜（隨意），並賞賜紅包，紅包內容多少不拘，反倒小伙們的目的在玩樂，老人們的目的在表示對他們的喜愛。新年裏，一些士商之家，也有玩玩小牌的，但是，過了元宵，牌，便被家長收藏起來了，元宵一過，一切都恢復了常軌，一年之計在於春，從此，工作又代替了玩樂！

祖國河山憶舊遊——北平

北平是我國的文化古都，原是人人心嚮往之的好地方。民風古樸、氣氛柔和，如果你是個外鄉客，一脚踏進北平城，抬頭看去，那些氣派堂皇，古色古香的建築物，內容豐富的商店，以及四週迎面生春的友好微笑，和諧悅耳的清晰口音，一瞬之間，你便感到心上油然。然後，你花上一月兩月的功夫，一步、一步踏着前人的脚步走去，多少歷史上的陳蹟，都呈現在你的眼前。一座北平城，還分內城和外城，幅員達六十華里。內城裡還有皇城，皇城內還有紫禁城，皇宮便在紫禁城內。內城最南處爲前門，次爲天安門、端門、午門。午門內有大和殿、保安殿等三殿，三殿的東西兩邊還有一些小宮殿像花朵一般點綴着。三殿之後是萬花鬪艷的御花園，園內有一株太平花，在萬花羣中昂然獨立，因爲走遍全中國也找不到第二株，所以身價百倍，惜不知它的來處。園側有珍妃井，乃八國聯軍之役，皇室倉惶出走之際，慈禧太后令人把花中之花的珍妃（光緒皇帝的愛妃）扔了下去的一口埋香井。雖然井口已封蓋落鎖，遊人在旁經過時，似乎還隱約聽到那一代帝王的無可奈何的悲吟嘆息，和那一代艷妃的飲泣吞聲！

宮殿的牆壁和屋頂，都砌蓋着黃綠色的琉璃磚瓦，畫棟雕樑，光彩奪目。由於地勢廣濶，建築宏偉，一片光華中，還透出一股莊嚴氣象。民國成立後，皇宮改為故宮博物院。院中各種重要古物，抗戰時期，歷經輾轉遷移，現均存放在外雙溪的中山博物院。未及移出部份，抗戰勝利後，曾分三部份展出，參觀者仍有眼花撩亂，目不暇給之感。

中、南、北海，號稱三海，是昔日帝王遊樂的場所。民國以後，北海首先開放，改為公園，嗣南海、中海也一齊向老百姓打開了大門。所謂海，實際上都是面積遼濶的大湖。南海中的瀛臺，四面臨水，如一小小的孤島，清末光緒皇帝與康有為、梁啓超等圖謀維新變法事敗，慈禧太后便把光緒皇帝囚禁在此。四週如鏡的湖水，映照着這位雄圖未展，抱恨以歿的不幸帝王的傷心史。當時，在湖外的另一處，便囚禁着他的愛妃（珍妃），咫尺若天涯，他們無法傳達心聲。他的坎坷的政治生命，他的悽惻的戀愛故事，點點滴滴，似乎都從湖水的細微吟嘆聲中吐露了出來，瀛臺也因此留名歷史。三海以北海的內涵最豐富，面積最大，也最曲折幽深。北海的南門西側有團城，城上供有聞名世界的白玉大佛像。由南門進去，穿過一座牌樓，便可看到一座白塔靜靜地立在山頭，山的最高處有攬翠軒。在攬翠軒前一站，太液池的全景展現眼前，夏季裡，那池裡的荷花，萬紫千紅，爭相鬪艷，和天邊晚霞一般的燦爛。入秋後，殘荷浮水，蘆花飛雪，又是一種情趣。到了冬天，池水凝冰，那些滑冰的少男少女，帶來一片歌聲舞影，又把冬天變成了春天。池南倚山傍水建有漪瀾堂，堂內設有茶座，一面品茗小飲，一面看荷柳爭輝，蘆花起舞，亦賞心樂事也。遊人如果身手靈活興緻好，還可駕一葉扁舟，盪入荷蘆深處尋幽覓句。小西天佛殿在太液池的西北角，池的東面有五龍亭和仿膳食堂，兩處都有小吃食物供應。仿膳食堂的黃麵荔枝粉做的窩窩頭，原是皇家的食物，遠近聞名，遊客到此，都要嚐嚐皇家口味。由此向東去，有九龍壁、大佛殿、濠濮澗等。九龍壁上有九條用閃光發亮的綠瓷片貼成的游龍，在那兒搖頭擺尾，神氣活現。那座氣象並不森嚴的大佛殿，紅牆綠柳相掩映，神秘氣氛濃過宗教氣氛，夏秋之際，此處但聞一片蟬聲，很少聽到鐘聲。濠濮澗最爲幽深僻靜。樹木森森，遊人罕到。澗邊有亭閣、水榭，閣中小坐，清風徐來，但聞水聲、鳥聲、與風聲相應和，彷佛到了另一世界。

頤和園，在北平城外的萬壽山下，是慈禧太后把清庭向國外借來建立海軍的經費，移來建築她私人怡養天年的大花園。北面有山，南面有湖，中有依山面湖的排雲殿、排雲殿上是佛香閣。要爬上幾百級的臺階才能到達排雲殿，在排雲殿前憑石欄遠望，全湖景色，盡收眼底。由大門入口處看過來，那一道雕樑畫柱、古香古色的長廊，宛如一條彩龍沿着湖邊蜿蜒前伸，在廊中行走的紅男綠女，也都成了畫中人。湖裡面一座、又一座的拱橋、堤道、貫穿那些金碧輝煌的亭臺、水閣、和佛殿，還有一些遊艇穿梭其間。你如果坐在遊艇中抬頭四望，彷佛湖光樓影都入懷抱，而你自已也溶入了湖光樓影中，成了景中之景。湖的北岸、停泊了一艘大石舫，樓、艙、棹椅俱全，你如在石舫中小坐、風起雲飛、波光搖幌、好像石舫也要乘風遊去。最有趣，是湖邊的那隻又大、又笨、又雄壯的銅牛，眞想不透要牠站在那裡幹甚麼？難道是西太后想借重牠來看守這一湖的風光麼？

在山之畔，還散散落落的點綴着幾處宮殿，內有諧趣園，小橋流水，曲欄廻廊，在此觀魚賞月，那又另是一種情趣了。其中有一殿是慈禧的小息處，几案上還放着她的盛裝畫像，她好像還怕人們把她忘了呢！

中山公園的古柏，什刹海的垂柳，更是使人一見難忘。中山公園的古柏，一眼望過去蒼蒼茫茫，不見天日。它的妙處並不在密和多，而是「古」得好，那股蒼勁之氣，大有頂天立地，睥睨宇宙之概。中山公園位在紫禁城外的西南側，由南門進去，有紅柱綠瓦的長廊引伸入內，那座刻着「公理戰勝」四字的牌坊，好像向進來的遊客，迎面一聲大呼喝，那是第一次世界大戰後，爲紀念協約國的勝利而建立的。園的中央有社稷壇，當年 國父在平逝世，在此停靈開弔。雖然當時的北平還是掌握在軍閥手裡，前往祭奠的名流、學人和老百姓、學生等絡繹不絕、不下數萬人。曾經出現在電影鏡頭裡的來今雨軒，是宴客集會的所在。可是你如果在松柏下的茶座上品茗小飲，風動松柏，濤聲不絕，那就更富詩情畫意了。西南有小山，遍植榆葉梅，春來花開，滿園芬芳。山旁有池，池旁有水榭，池水中央有一小小的水禽動物園，孩子們經過這裡都要停下脚步，那些小動物也不甘寂寞，時常發出一片唧唧喳喳的鬧聲，逗引人們去注意牠。

什刹海的垂柳，却是疏密有緻，而且柔得好，綠得好，婀婀娜娜，隨風起浪，遠遠的看去，好像一橫青翠的煙雲在飄蕩。說海，也不過是一片淺淺的湖罷了；妙在湖裡處處是荷花和菱，兩岸遍是楊柳和蘆葦。見到這如霞似錦的荷花和菱，你或許要想起古畫册中那些搖着彩船採蓮、採菱的美女，這兒却祇有一些淡裝素服的村姑出沒。什刹海是屬於市民的，它不像其他三海富貴氣，這兒既無人工的雕琢，也無繁華的着筆。它祇是自然的寵兒，春柳夏荷描繪出它的顏色，蘆葦、垂柳、白鷗、寒鴉點綴着它的風神。也有不少詩人，墨客來此尋尋，覓覓，想捕捉他們破滅了的美夢，失落了的童心，和開啓創作之門的鎖鑰。不錯，心境落寞的人，想來此排除心上那份落寞。其實，它的本身就多少有一點兒落寞味兒，不過它在落寞中別有繫人心處，祇能意會，難以言傳。

萬牲園，原名三貝子花園。園中附有珍禽異獸的動物園，並有各種穀類的植物園。入門往西走，經過豳風堂，便是鬯春樓。豳風堂也是小吃品茗的清談處所。鬯春樓是慈禧太后的行宮。裏面陳列着她睡過的床舖、她的玉手接觸過的洗臉盆、家具、擺設，一切都保持原來的樣子，使你禁不住要想起這位既聰明又愚蠢的皇太后的一生，和她許多荒謬絕倫，誤國誤己的大手筆。

萬牲園的大門口，還有類似馬戲班裏的巨人之類的人收門票，以廣招徠。大陸淪陷後，據聞宣統溥儀，也曾被找了來擔任這項榮譽職。

天壇，是昔日帝王祭告天地的聖地。古柏參天，蔽不見日，地高風大，但聞一片濤聲。祈年殿爲一圓形建築，天壇憲法便是在此起草的。殿前有一隻好大、好大的香爐，昔日帝王祭告天地時用它來焚香致敬。也不知有多少位帝王在此許過願，做過夢，遊人到此，眞不禁有白雲蒼狗，浮生若夢之感。

天橋：「小遊隨後到天橋，春日風鳶夏月蕭，曾是太平歌舞地，累人指點說前朝。」這是明代大詩人張船山的「天橋春望」詩。湖南才子易實甫，也曾與天橋結下不解緣，因而爲它大做文章。他詠天橋的名句有：「垂柳腰支金似女，斜陽顏色好如花，酒旗戲鼓天橋市，多少遊人不憶家。」

天橋在北平城外的西南面，爲一平民遊樂場所，但它充滿了羅曼蒂克氣氛，多采多姿。天橋中的落子館，是五花八門的雜耍場，包羅萬象，應有盡有。唱大鼓的，(以京韻大鼓爲主)，要把戲的，玩西洋鏡的、比武藝的、賣膏藥的、唱花鼓唱小調的、相聲、測字、看相的、小吃攤、茶座也應運用而生。在這兒你可以最便宜的價錢，享受最複雜的情趣，體驗最複雜的人生。一些初出茅廬的稚嫩女伶，也多經由此處步入人生舞臺，和藝術舞臺。也有姿色出衆，天賦不凡，或別有惹人憐楚的黃毛丫頭，來到這座橋上初試啼聲，想碰運氣。偶被詩人、才子之流的人物發現加以品題，旦夕之間，便名滿京華，從此門庭若市，成了小名女人。是幸，還是不幸，那就又當別論了。清代的薄命詩人黃仲則，和洪稚存，也喜歡來天橋流連。還有一些窮愁潦倒的文人，官場失意的小公務員，大學生也愛到這兒來轉。天橋，是一個惹人笑，也惹人落淚的地方。流連其中，在這些衆生相裏，你會發現一些傷心人的傷心事，知這他們或她們爲賺他人笑，強把眼淚吞的故事後，你也笑不起來了，也許，這正是天橋的魔力所在。

到東安市場和西安市場逛逛，也是北平人的生活情趣之一。在那兒眞古玩、假古玩、眞假書本、畫、册頁，各色各樣稀奇古怪的小玩意，旣便宜，又別緻，如果你是行家，所費無多，却享受不盡，決不至入得寶山空手回。萬一荷包不夠派用場，單去欣賞，欣賞，也未嘗不是排除寂寞的好辦法。幾千年的文化薰陶，這裏的店員絕不會給你碰釘子，儘管你沒花一個子，依舊被人笑臉相迎，殷殷招呼，還鞠躬如也把你送出大門。

逛過了幾處名勝古蹟，還應該去看看各有名學府的校園，北大、清華、燕京……景物之幽靜，建築之宏偉，可說各有千秋。如果你是個文化人，可千萬別忘了內容充實的圖書館。此外，最具吸引力的地方當然是故宮博物院了，這裏面保藏着前人的智慧精華，和心血的結晶。也蘊藏着前人光輝燦爛，和慘淡幽暗的夢境。更別忘了去欣賞、欣賞國劇。北平人指看京戲說聽戲，眞的行家在戲院子裏是閉起眼睛來聽的，和專看女伶的色相的輕薄兒是完全兩樣的。那才是眞眞的藝術愛好者，應該去見識，見識。

北平文化不但表現在那些名勝、古蹟、古色古香的建築物，內容充實的圖書館和故宮博物院上，而是深入民間，深入人心的。由一般人民從容不迫，謙和多禮的言談擧止上，都可看出北平文化的蹤跡。北平話字正腔圓，入耳動聽，列爲國語。北平戲詞句典雅，氣派堂皇，列爲國劇。

北平女兒麗而不艷，雍容有度，堪登大雅之堂。北平的吃由窩窩頭、小米稀飯、糖壺蘆，到涮羊肉、烤鴨子，也是雅俗共賞，老少咸宜的。北平文化的好處就在包羅萬象，雅俗共賞，貧富咸宜，賓主咸宜。它不排除舊的，又不斷吸收新的，培養新的；還有一種無形的力量來協調舊的和新的，使其相容相和，而不相斥相拒。北平，像是慈母的懷抱，它祇溫溫柔柔的懷抱着你，絕不拒你，刺你，束縛你。過去幾千年，它雖屢經變亂，却始終沒有把這種博大的文化特質從根拔起的摧毀掉。可是，如今，如今北平又成了什麼樣兒呢？

原載六十年十月十一日中華日報副刊

牧場風光

我喜愛牛。一看到牛，我便想起我的故鄉，我的童年。記得兒時，我常和鄰家小孩一同去看他們家的母牛、和小犢。小犢的每一小動作，都使我感到無限的喜悅。在農村，牛是童話中的要角，牛是田園的靈魂，牠和農家的生活息息相關。牠不但關係農村的繁榮，牠也給田園增添了詩趣。一片夕陽中，牧童騎在牛背上，穿過碧綠的田野，一路唱着村歌回家的畫面，我略凝眸，猶歷歷在目。

自從離開了故鄉，我便很少有機會看到那種充滿詩趣的畫面。牛，也只隨着故鄉的景色和人物，不時在我的心上湧現。記得我有次去金門訪問時，看到路邊田裏正有一頭黃牛在靜靜的吃草，人車的聲浪、使牠由草地上抬起頭來，傻氣楞楞地望着我們，我當時的感覺，好像獨在異鄉，無意中遇到故鄉來人，一種溫暖的感覺油然而生，我還想下車去拍拍牠，和牠合拍一張照片。抗戰勝利後，我回鄉掃墓，暮色蒼茫中，舉目四望，田野間一片空漠和死寂，看不到牛羊的蹤跡，也聽不到鷄犬的聲息，故鄉雖然面目依稀，但元氣盡失！我當時那種悵惘和傷痛之情，眞是有筆難宣。牛，像一串珠子，牠貫穿着我對故園、故土的無盡回憶和懷念。

最近聽說臺糖公司，和臺灣省農林廳都在屛東以不同的方式養了幾千條牛。我不禁怦然心動，想一溫舊夢，一睹我曾未見過的牧場風光。當我到達長治鄉臺糖的大牧場時，一眼望過去，我呆住了，這不但和我兒時的夢景完全不同，和影片中的牧場風光，也大異其趣；在這片廣大的，有點像塞外情景的河床荒地上，是一道、又一道的鐵柵欄，使牠們都成了籠中鳥，有翅難展。鐵柵內千頭鑽動，一片棕黃。在金色的陽光照耀下，閃閃發亮。牠們長幼不一，形態各異，有的花身花臉，有的棕身白面，多數是一色的棕黃。有的俊偉，有的癡肥，有的大腹便便，有的蹣跚學步。有的正在舐犢，有的正在哺乳。有的一事不作，在柵欄內或坐，或臥，或搖過來，擺過去；你覺得牠們成了籠中鳥，替牠們抱委屈；原來牠們都是在自己的家庭裏納福。這一道、又一道的鐵柵欄，隔成各個不同的小天地。有的散開，有的相連。大圈圈裏面還有小圈圈。牛仔們說：這一系列小圈圈排成的一個大圈圈，便是牠們的住宅區。因爲牠們怕熱，住宅上有頂蓋，遮蔽太陽。牠們需要通風涼爽，住宅四週只有鐵柵，沒有牆壁，可以一覽無餘。不過遠看牠們是一體，近看牠們是一羣一羣的各被鐵柵隔離。每一小圈圈內，住一戶牛家。每個家庭有一個男主人，和牠的三十五位妻妾，和六個月以內的嬰孩。牠們是多妻制的男性中心社會。這些牛妻牛妾，都樂天知命，未聞有因妬而鬬的情形。緊接牠們住宅的前面是飼槽，牠們只需由鐵柵內把頭伸出去，就可就食。一隻牛每天要吃三十公斤的飼料，食量大的要吃五十二公斤。還要加上精飼二至四公斤。如果你給飼時，分配不均，或份量不夠，牠會發出一片「牟牟」的抗議聲。住宅的另一端，是曲折迂廻的出入走道，和各個門戶。住宅後面，有片空曠的廣場，使牠們自由活動。廣場後面有飲水池，因爲牠們專飲冰涼涼的清水；飲水的場所，上有頂蓋，遮蔽太陽，還要保持水的清潔，混濁不得。這些各種不同用途的大小圈圈和走道，廣場面積的大小，以及飼槽的深淺、寬窄、都經過專家設計。務使牠們在這小天地中，能活動自如，吃得飽，住得舒服。還要有運動場所，又不浪費土地。那些走道寬僅容身，牛被牛仔趕入走道，只能身不由己的往前走，別想轉彎或回頭。

這羣浩浩蕩蕩的黃牛，都是去年由澳洲乘專艦進口的。其中七百八十位是先在澳洲結婚，經醫生證明已身懷六甲的新娘，專來臺灣繁殖牠們的族類。另四十位是牠們的準丈夫，如今新娘均已做了母親，臺糖又在臺灣省選購了一百餘頭國產牛，男女各半，便作品種的試驗和改良。洋牛生長快速，國產牛對臺灣省的氣候，較能適應，不易得病或死亡，讓洋牛和國產牛結婚，則牠們的後一代，可能有兩者之長。試驗情況，非常滿意。目前連牠們的兒女，總數達一千餘頭，其中不少做了老百姓家的嬌客，老百姓也常常把牠們的牛女帶來交配，臺灣牛的品種已在逐漸改良中。需要淘汰的，多數都進了屠宰場。雖然同屬牛族，外來的比國產的雄健剛烈得多。去年牠們剛到時，因不受管束，幾乎鬧出人命。其中兩隻外鄉客，不知何事不稱心，牛脾氣發了。由一公尺半高的鐵柵內蹦出來，到處亂闖，嚇得照顧牠們的牛仔，特到臺北動物園請了一位馴獸專家去收拾牠們。說牠是大笨牛，牠偏偏鬼精靈，專家來了，牠失蹤了；專家走了，牠又出現。有兩個不知天高地厚的牛販子，自稱有法寶可以制服牠們，結果兩個人一齊住進了醫院，那搗蛋的牛却照樣逍遙法外。最後牛仔只好又把專家請來，這回專家使了點小計謀，自己先隱藏起來，料到牠要到某些地區乘涼，把牠誘到適當地區，將裝得滿滿的痲醉劑針，用槍射擊過去，先射四針，以為牠會倒地被擒，牠愰也不愰一下，只好又補幾針，直到牠倒地為止。眞是既驚且險，因此一公尺半的鐵柵，加到了兩公尺高。

可是另一名由澳洲來的白面書生，牠不特一副斯文像，在牠進食或追求異性的時候，遇到強者牠也趕忙退後，以示禮讓。在這羣強者之中，牠便終日難得一飽，體重不能照預計增加，反而不受歡迎。不但不要牠繁殖後代，今後也不再禮聘此類牛君子入境。牛性亦如人性，有的十分兇猛，有的也較溫和。有的專會搗蛋，有的也循規蹈矩。一般來說，牠們表裏如一，沒有心機。喜羣居，遇到大風暴雨，或有什麼意外發生，牠們使頭嘴對頭嘴，圍成一個大圓圈，一個挨緊一個，尋求相互支援的安全感，頭以後的部份，便只好請上帝保佑。牠們體力超過智力，洋牛又兇過國產。但母性的強烈，則洋牛、土牛毫無二致。

在牠們的住宅區範圍之外，還有產房、醫院、育嬰室、兒童餐廳、作業圍籬等。母牛臨產時，住進醫院，有特約醫生，爲牠接生。小犢出世後，立即在牠的耳朵上記上標號，男單女雙，由標號可以識別牠的母親姓氏，便作品種的試驗；還要把牠的角除去，以免日後傷人。遇有不會哺乳的差勁媽媽，便由人工授乳，一隻小犢最高紀錄，每天要吃六公斤的奶，小犢生下兩星期以後，除了母乳，另配精飼，使牠練習咀嚼，補充營養，六個月以後斷奶，訓練小犢獨立生活。斷奶後的小犢，另給精美營養的飼料。密密的鐵柵圍繞着的自助餐枱，剛好讓小小的頭顱鑽進去就食，牠們的父母都只有望洋興嘆的份兒。照顧小犢，要和照顧嬰兒一樣細心，否則，牠很容易下痢，下痢麻煩就大了。

和人類一樣，牠們懷胎十月才生產。每次一胎，生下孩子，母牛便忙着把小犢渾身上下舐乾淨，自己還把胞衣吃了，把弄髒的地面也用舌頭舐乾淨，好讓小犢躺得舒服些，完全忘記了自己生產所受的痛苦。做了媽媽，牠的全副精神都在照顧孩子，那雙最不動人的牛眼睛，有了母愛，也變得柔情萬種。牠總小心翼翼地伴牠睡覺，爲牠驅趕蚊蟲，帶牠散步，奶牠，不時嗅嗅牠，嗅一嗅，又舐一舐，樂此不疲，不許別的牛或人們去碰牠一下。遇到大雷雨，或其他意外事件，牠便用自己整個身軀去保護牠，似乎牠的天地中，就只牠母子。除了孩子，對其他一切，牠都不感興趣。六個月斷奶期一到，小犢便要和母親分開，住進育嬰室。這時孩子和媽媽，都會到處尋尋、覓覓，母尋子，兒找娘。母親感受的痛苦更深，牠繞室徘徊，時臥時起，不知所可，或東張西望，或引頸長鳴，發出無可奈何的哀聲。而孩子的爸爸，却是最不負責任的父親，孩子生下後，一切教與養的工作，都由媽媽負責。牠不聞不問，掉轉頭又另結新歡，準備作另一次不負責任的父親。兒女離去，牠也無動於衷。而孩子也只知有母，不知有父。孩子的媽媽，對兒女的依戀愛護，也遠超過給予孩子生命的異性。

因爲牠們的食量大得嚇人，牠們本身又飽食終日百不管，所以牛仔們要不斷爲牠們準備吃的。牠們的飼料是斬碎的甘蔗梢，和牧草，另給糖蜜，糖蜜是臺糖鍊糖剩餘的糖渣，營養豐富。

在沒有新鮮牧草，和新鮮蔗梢的時候，要未雨綢繆，爲牠們貯備乾糧。把新鮮的蔗梢和牧草裝在「貯青塔」裏壓緊，能保持蔗梢牧草的新鮮，歷久不變。臺糖利用他們原來裝糖蜜的「糖塔」作「貯青塔」。還花一百多萬元新臺幣，在國外買了一隻可裝五百萬公噸飼料的貯青塔（Tower Silo）。該塔現已裝設妥當，現在臺糖又在同一地區，興建了另一批牛舍，爲卽將在本年秋季進口的一千餘條洋牛作準備。屆時，牠們的飼料，將由貯青塔直接分送到各個飼槽去，可以減少人力。目前飼料的處理，也都是由機械擔負，但見貯青塔旁的活怪物，不斷的搖頭，擺尾，伸嬾腰，把青青的蔗梢大口、大口的香進去，咬碎了，又吐出來，還把吐出來的東西堆成一座小山坡，只需人工稍加整理，蓋上塑膠布，便算完成了初步的貯糧工作。

牛仔們照管這些牛郎牛女，除了使牠們吃得飽，住得舒服，還要替牠們作各種檢驗，平時打疾病預防針，生了病要牠住進醫院，接受醫生的治療。還要按時磅牠們的體重，觀察牠們發育、生長的進度，以辨別牠們品種的優劣。不時給牠們洗藥水澡，以免蟲類、疾病的侵害。種牛還要在牠耳朵上掛耳標，註明牠的血統姓氏。因此設有作業圍籬，利用作業圍籬迂廻曲折的走道，和各種不同的自動門戶，使其就範。譬如：要牠們魚貫地走進浸沒牠全身的藥水池裏泡一泡，又身不由己的由另一道門走出去。使牠們自己走進手術間，還自動走上手術臺，牠正伸頭向外看，看有什麼新鮮事兒等着牠，門兩傍的機關一轉動，不鬆不緊，剛好把牠挾住，頭在門外，身在門裏，動彈不得，任牠牛脾氣再大，也鬪不過機械，只好任由人家擺佈一番後，怒氣冲冲地由另一道門走出去。此外，牠們隔不多時，就要魚貫地走上地磅，秤秤自己的份量，需要淘汰的，還要牠自己走上乘車臺，自己走進牛車去市場，因爲這兒所養的百分之八十以上都是肉牛，遲早難免要去屠宰場。雖有這許多的法門擺佈牠們，可是先要牠由家裏單獨走出來，要牠從自由自在的大廣場，走進自我牢籠的鐵柵內，並不是一聲口哨，或一揮長鞭，牠就會就範。所以牛仔們總難免和牠們短兵相接，見到長長的鞭子揮過來，牠們不是狂跳亂踼，就是怒目圓睜，向你直衝而來，有時猝不及防，便要吃牠的大虧。據說曾有五個牛仔，先後掛彩，住進了醫院，其中一人，且有一目因此失明。

可是，在屏東的另一地區，則又另是一番景象。成千成百的牛羣，在一片廣大的，綠草如氈的山坡上自由自在地往返、吃草、漫步、舐犢、哺乳，每一個斷片，都可入畫。恒春山脈，靠墾丁公園這一面是最理想的放牧場，這兒牧草繁盛，背風，附近有水源。一公尺半高的鐵柵，範圍了半個山坡，牠們生活其中，宛如人們居住在某一鄉鎮，身有安棲處，又毫無約束感，較自己盲目遊蕩，有更多的安全感。這兒的牛仔們，是幾個中興大學農業系畢業的大孩子，他們整天生活在青山綠水間，聽聽鳥語蟲鳴，看看野花雜樹，牛羣的相互嬉戲，小犢的蹣跚學步，母牛的舐犢，小犢的乖好，都給他們帶來喜悅。而他們又無所憂懼，興致來時，呼呼牛羣，逗逗小犢，困倦來臨，又何妨倒在草地上去見周公。牠們在這兒活得自由自在，並不想越柵而逃，也沒有老百姓見牛起意，給牛仔們添麻煩。牠們朝朝暮暮生活在這片自由自在的天地中，食於斯、寢於斯，一點也不用牛仔們勞心勞力，只有牠們生病，或生產時，才會引起牛仔們的注意。此外沒有牧草的季節，牛仔們要給牠吃乾糧。牛仔們在這兒趕牛，是種樂趣，毫無麻煩，只要你揮揮鞭子，牠們便自然的沿着牛道走，如果其中有公牛，牠不是走在最前面領隊，就是走在最後頭壓陣，以示牠在領導羣雌。牛女也似乎願受男性領導，未見有擾亂秩序，爭先恐後的情形。有個牛仔，童心未滅，每次趕牛，總喜歡在某一條牛身上狠狠拍幾下，尋開心。有一次，又輪到他趕牛，吃過他的手掌心的那條牛悄悄跟在他後面，不聲不響的用牛頭向他的後屁股一頂，他四脚朝天，被頂落在水田裏，可見牛心也不大簡單。這裏沒有產房一類的設備。母牛生產時，自己會找一處最清靜，最隱蔽的地方，悄悄躺着。生下了小犢，牠便靜靜伴着小犢在那兒休息。因爲牠的精神專注在小犢身上，人們走到牠身邊，牠都不知道。當牠發覺牠被打擾時，如果你的表情動作十分友愛，牠也不和你計較短長。否則，牠懷疑你要奪取或傷害牠的孩子，牠便怒目圓睜，一躍而起，準備和你搏鬪。小犢六個月後的斷奶期一到，便也要和牛媽分開，住進嬰兒室，和牛男的單身宿舍遙遙相對。這片供牠們住宿和活動的廣場，離那片大自然的天地很遠。原來農林公司養牛，是作品種的試驗、和改良。所以牛男牛女，平日分室而居，那片廣濶的自然場地，專供牛女和嬰兒遊樂和居住，牛男不得問津。一條種牛，有好幾位妻妾，在數目上牠們比女牛少了好幾倍，被圈在與牛嬰室遙遙相當的廣場內。這兒講究優生學，也實行家庭計劃。男女之分，毫不含糊。只有指定的佳期，牛郎牛女才得相會鵲橋。一幕幕家庭悲喜劇，也常常在這兒上演；每到夜深人寂時，在迢迢十數里，或數十里外的牛媽媽，常常要越過一道又一道的鐵柵欄，踏遍一座又一座的小山坵大坡，尋到這兒來，不是要和牛郎私會，而是找尋牠的孩子，奶奶牠，和牠睡在一起。次晨被牛仔發覺，要把牠趕回牧場去，牠便抵死糾纏，硬不肯走。好不容易把牠趕回去了，次日深夜，牠照樣逃回來。這樣尋回來，又把牠趕回去，糾糾纏纏的，總要鬧上幾個星期，母牛的情緒才會慢慢平定下去。有個大孩子說：「有時，眞有些不忍心把牠趕來趕去，硬把牠們母子拆開呢！」

可是，孩子斷了奶，跟着也會另擇佳期，給牠安排再度做媽媽的機會。悲劇過去，又是喜劇。在牠們時悲時喜的不斷循環中，我喜愛的牛，逐漸在這美麗島上繁榮起來。

畫中行

這片一望無垠的蔗田，是由荒地開墾出來的新生地，抬頭四望，一切都是現代化，有完美的灌溉系統，有寬濶的水泥農道，大小車輛暢行無阻。重重疊疊，深深淺淺的綠色浪濤在四週，在頭頂上湧過來，飄過去，人車像是在碧波蕩蕩的海底通行，在南部旅行特別由高雄去屏東一段眞有如在夢中的感覺。公路兩旁密密茂茂的香蕉樹和甘蔗又高、又肥、又鮮活，綠得亮油透水，一畦連一畦，由公路兩邊延伸出去，一望無涯際。風動雲飛，蕉蔗搖蕩，這兒便如綠色大海，把天和雲都染綠了。那怕是炎炎的夏季，烈日也無法在此發威，它衹能由濃濃的綠蔭中漏下點點、絲絲，和小片片的金色光影在綠雲、綠霧中閃爍、跳躍，更渲染了這綠色大海的美妙和神秘。我常會情不自禁的由車窗伸出手去，想滿滿地抓住一把「綠流」。那象徵生機、繁盛、和平、安全、與青春的「綠流」。無奈大自然的美和福祉，從不輕易賜與個人。結果，我總是落得兩手空空。

雖是兩手空空，那宛如汪洋大海的綠流，有如醇醪，如靈泉，已深深浸透我的心靈，使我感到生趣盎盎，滿懷歡暢。眞想高歌一曲，輕哼幾聲，甚或狂舞一陣以發抒、發抒我內心的感受。美，有時也會使人感傷，使人迷失。而這兒的美，却使人感到安全、幸福、和興奮。

隨着經濟繁榮，農業發展，這兒的面目也時時在變。但它並沒變得失去詩情和畫趣。有時反覺得更多幾分神韻，更精神，更豐富，更靈活。有一次我去墾丁公園，細雨濛濛中經過這一段路。照舊貪戀的欣賞窗外的景色，綠色海上似是起了霧，景色跟着迷濛起來，霧裏觀花花更妍，望着，望着，我突然呆住了！奇怪，遠處好像高高低低的掛了無數彩色的燈籠。問車掌小姐這奇觀的來由，車掌小姐吃吃的笑，和我賣關子：「我現在不說，等會你就知道。」車近蕉林時，一眼看過去，我不禁啞然失笑了。原來爲了怕風雨和蟲類的傷害，快成熟的香蕉都穿上了花花綠綠的塑膠布袋裝。試想想，在風雨溟溟的海上，你突然發現半空懸着大大小小的彩色燈籠，那是一種多麼懾人心魄，多麼帶有神話性的美。

最近，我又和三四文友去過南部一趟，因爲坐的是小型車可以自由活動，更有劉佬佬遊大觀園之感。單從公路兩旁看出去，雖然照樣是綠靄沉沉，不見天日；奇的是如今在綠雲綠霧中不時有白玉般的水珠一冲而上，又飛灑而下。你彷彿還可聽到大珠、小珠落玉盤的音響。噴泉？爲點綴郊區的景色麼，是誰有這大手筆？我們尋着方向去追根究底。想不到這綠色海上飛珠撒鑽的奇景，竟是爲供給鰻魚所需的養氣，而在鰻魚池裝設的噴泉。養鰻是近幾年的熱門行業，不少人養鰻發了財。如今農田都有完善的灌漑系統，昔日作爲灌漑用的池塘，都被重修作了淘金的鰻魚池。

「想不到朦朧中的如詩美景，也帶着銅臭的味兒。」看罷，我們相視大笑。進入綠海的心臟地帶，停車小息。好怪，怎麼這兒的蔗田在每行的行列間都插了稻秧呢？正好迎面來了位農友，我便向他請教。

「這是臺糖公司的傑作啊。」他笑笑說。「他們好像要和老天爺比比法力，不按規矩地，硬在蔗田中插入稻秧。因爲甘蔗的成長期很長，適當時期在蔗的行列間插上稻秧，待甘蔗收穫時，稻也可長起來，稻收割時，甘蔗也成長了。一塊田可獲雙份的收益。目前還是試驗階段，聽說情況很好。他們還在研究，準備將來大大的推行呢。」

原來如此。肯動腦筋總是可喜的現象，我們又不覺眉飛色舞。

「你們是臺北來的吧？」農友說。

「不錯。」

「怪不得，」他又笑笑。「你們歡喜看，鄉下好看的東西多着呢。我帶你們看去。」不待我們回答，他便跨上了機車。盛情可感，我們當然去。我們的坐車尾隨他的機車之後，不一會就轉入另一天地。

「看，那兒像有仙女下凡來了！」我身傍有人發出驚嘆。

我隨着身邊文友手指的方向望過去，又楞住了。那萬綠叢中可眞有幾位白衣仙子在半空旋舞不休呢！疏疏遠遠的，這兒一位，那兒一位，都是橫張雙臂，好像要擁抱整個大地，又好像要乘風飛去，美妙極了。

「那是……」身旁文友帶點傻楞楞的味兒向農友發問。

農友取下斗笠，瞇着眼睛向遠方看了一會，而後莞爾連聲說：「老百姓叫她們觀世音菩薩，播灑楊枝露水的觀世音菩薩。」

「觀音菩薩？」我們一齊說。

他重新把斗笠戴上，避重就輕地：「我們去前面看看觀音菩薩的本來面目，不遠，反到坐車嘛。」

與白衣仙子的距離縮短了，才發現這位農友是位幽默人物。他說她們是遍撒楊枝露水的觀音菩薩，這比喻多切合，多美呀。而我們竟蠢到不會猜想它就是現代的灌漑工具，夠多糊塗。其實近看它的構造簡單得很，一根長長的柱子豎在蔗田中，上端裝着很長的一根橫竿，橫竿旋轉不已，密密的水珠由橫竿飛灑而下，遠看如輕紗飄蕩，近看似鑽珠飛落，綠白相映，如畫如夢。它們還可自由移動，那兒需要，便移到那兒，祇需一個人便可移動她，毫不費事。這片一望無涯的蔗田，是由荒地開墾出來的新生地，抬頭四望渺無人煙，沒有小坡雜樹，沒有茅亭，沒有小橋流水，偌大一片土地，竟沒有縱橫的田埂，一切都是現代化，有完善的灌溉系統，有寬闊的水泥農道，大小車輛暢行無阻。收割耕作也由機械操作。平時祇有一個工人照管這片望不到邊際的土地。他便是剛才引我們來的那位嚮導先生。直到臨別時，他才露出身份，是位可愛的趣人兒。

由於這位趣人兒的提示，第二天我們又去了猪村，和老農之家。猪村是利用無法耕種的荒地兼營的副業。參觀猪村之前得先到村辦事處辦手續。最妙的一着是每個人都得脫下自己的鞋子，穿上他們專爲觀光客所準備的長統塑膠靴。穿了塑膠靴涉過一道六七寸深，丈餘寬的水池就算到達了猪村。如此滑稽的麻煩人，據說是怕訪客把細菌帶了去。一眼看去，此處的是不同凡響。扶疏的花木間露出一排排紅磚砌成的小平房。每戶門前都有短牆環繞的小院落，供牠們散步逍遙。戶內母猪和猪仔的起居飲食和排泄，都有定所，到處乾乾淨淨的。出乎我想像之外，這兒的幾千條猪都很結實健壯，除了孕猪，很少有大肚皮垂下來的癡肥蠢樣兒，毛色多數淡紅，和純白色。沒見到灰灰、黑黑的髒東西。牠們也比我們想像的聰明。單看那些猪仔，吃完母乳便跑到自己的睡臺上躺下，排泄時，自己走到可以排泄的處所去。據說它們都是在世界各國搜購而來的優良品種，和部份的混血兒。瘦肉多而嫩，肥肉極少，一般消費者因而可大快朶頤。臺糖也把它們分售給老百姓飼養，並教以新式的飼養方法。有一陣養猪人家都大發利市，笑口常開。臺糖公司派人去察看他們飼養的情形時，他們大放鞭炮歡迎。不過由於年來飼料大漲，行情也不大穩定。

順路我們還去看了種白木耳的農家。有趣的是白木耳並非種植在樹上，或地上。而是種植在懸在半空的塑膠袋袋裏。是用某一種木材鋸成屑末，分別裝在一隻隻長圓形（約八九寸長）的塑膠袋袋裏。用水浸濕，在塑膠袋週身鑽下一些小洞，而後把它懸在一間土牆茅草蓋頂的房屋的半空，若干時日後白木耳便由那些洞洞內生長出來，先是一點點，而後成長開花。我問那位農友他投資多少，他說：「試試看嘛，祇投資二十幾萬新臺幣。」

因爲他首先要花一筆錢建造一間茅屋，他建的那間茅屋大約有三十多坪，屋內高高低低的掛滿了渾身開花的塑膠袋袋。二十幾萬新臺幣也不是個小數目呀。我想。他竟說得如此輕鬆，他還補充一句，「如果情況滿意，再增資嘛。」可見我自己眞是眼界窄，成了井底蛙了。

爲了想多了解一點農村的實際情況，我們又去拜訪了一位世代務農的老農。他本人是臺南農校畢業的，還有一些農業知識。他的新住宅是紅磚砌的四合院房子，院子很大，客廳，廂房也大，客廳的裝潢超過臺北許多中上人家。彩色水泥磚地，美術天花板，高級沙發，彩色電視機，錄音機……，應有盡有。此外兩邊的廂房，臥室大大小小有十餘間。庭院中還有花木盆景，廂房裏還有一部黑白電視機。他叫他的孫女兒(還在唸中學)，拿出他們自己種的楊桃，來招待我們，楊桃的橫圍有飯碗大，碧綠透明，有如翡翠，北部從未見過這種突出的貨色。其味的甘美更不必說了。眼前景物，眞使我想高歌一曲農家樂呢，想不到談起來，老農却是感慨萬端。他覺得今日的青年人都不務實，大家一窩蜂都到城市去闖天下，很少人想留下來務祖業。以他家來說，他的大兒子、二兒子都在高雄加工出口處工作，小兒子在臺北唸大學，女兒還算好在本鄉國校教書，家裏就留下老夫婦，一個媳婦，和在學的孫兒女，每屆播種收割季節，他得到處招攬人工，租用代耕機操作，傷透腦筋。所以他認爲今日農村說來說去最大、最頭痛的問題便是「人力」。如何使農村青年留在農村工作，是農業發展中的最大課題。

由老農家出來，放眼四望，不錯，老農的感慨是由來有自。今日的農村畫面，看不到往返耕作的耕牛，看不到騎在牛背上吹短笛的牧童，看不到捲起褲管在田裏工作的青年、壯年人，看不到手提食物籃來送茶水、菜飯的小家碧玉，整個農村是靜寂寂的。但在一片靜寂中到處瀰漫着綠流、生機蓬勃，活鮮鮮的綠流。可見仍有一股潛力支持它的發展繁榮。時代的輪子如飛廻轉，小橋、流水、老磨房；耕牛、牧童、手推車的畫景已是明日黃花，永遠不會在農村出現了。但正如老農夫所說，要使繁榮的表面更往深處紮根，這綠色田野中應該有健壯的青年，穿着花花綠綠的碧玉們，坐在機車上，卡車上，耕作機上，在田野間來回奔馳，才能譜出偉大的農村進行曲的和聲。

也許有人想，如此一來，似乎反減少了農村的詩情和畫趣，但，現代的詩和畫不也在變麼，人們的審美觀念不也隨着時代的潮流在變麼？

她在風雨中走了

曼瑰姐走了！在一個風雨淒淒的午夜，她留下她尚待光大的事業，尚未完成的心願無可奈何地走了。

在羅斯福路三段二一八號之一的三樓，臨街面所懸「中國戲劇藝術中心」的名牌，仍在風雨中俯視下面熙來攘往的人羣，像是仍在觀察社會人生。但那枝影響社會人心的筆永遠擱下了，那雙推動中國劇運的手，永遠不會動了。那道又高、又窄、又陡、又平滑、又沒扶手直達三樓劇藝中心辦公處的水泥樓梯，再也不會響起那肩負中國劇運前途者的沉重脚步聲。劇運中心後樓那間不到五個榻榻米的斗室，那張陳舊窄小的舊書桌，那讀寫兩便的簡單坐椅，再也不會接觸那個嘔心瀝血的苦心人的氣息，她再也不會在那兒沉思默想，再也不會在那兒振筆疾書，再也不會在那兒繞室徘徊，計劃如何將她的「夢」搬到現實的人間：一座夠國際水準的現代劇院矗立在美麗芬芳的寶島上。一年四季都有最精彩的話劇、國劇、歌舞劇在那兒上演，劇院前車水馬龍，劇院內場場爆滿。連國際人士都聞名遠道而來，欣賞中華文化的精華……她的夢本已向現實移近，因為蔣公紀念館的設計，內部便包括了一座夠世界水準的劇院。而曼瑰姐竟不能等待，樂觀其成；在一個風雨的午夜，在她的友好故舊、學生、觀衆的沉睡中，她無可奈何地，悄悄走了。

人們常說：人生如夢亦如戲，一瞬便是百年身。曼瑰姐是研究戲劇，編寫戲劇，以發展中國劇運為己任的，在現實生活中，她可從不把人生當戲演。從未以玩世，欺世之作帶給觀衆。她熱愛生命、熱愛生活、珍惜生命生活中的點點滴滴。卅年來，她一直在燃燒自己，希望把光和熱帶給社會，把愛和希望帶給觀衆。她在風雨蹀躞，在熱日下奔走；在上演的劇院前座後臺來回轉。既躭心經費不足、演員鬧情緒，又躭心觀衆不踴躍、不滿意。更躭心是演出不夠水準，不能表達原劇的思想、情感、和韻味。其精神、心理負擔之重，實非局外人所能想像。但，不管社會對她是鼓勵、是支持、是冷漠；她從不自得、不怨懟、不灰心。她胸有丘壑，不因外景變化轉移。她是個從事學術研究、埋首著作的人；她又是在風雨烈日下奔走，為理想奮鬪不懈的人；但她絕非枯燥無味的書呆子，或氣勢凌人，裝腔作勢。她中英文造詣都深，她用中文寫作，也用英文寫作。一九七〇年，我們一同去韓國漢城參加世界筆會的全球代表大會時，她宣讀她的論文「戲劇中的幽默」，由於該文內容的充實，和她宣讀時發音的標準、和音調之美，她讀完走下講臺，日本名女作家曾野綾子，和香港代表黃文山、羅香林、李秋生幾位先生都趨前和她握手致賀。可是，在平常，無論哪種場合，她從不說英語。或在語句中夾帶幾個英文字。除非有外人在座，而那個外國人又根本不懂中國話。她參加各類會議，總是一個人默默的走進去，默默地聽別人滔滔雄辯。她偶爾發言，言必中肯，很少高談濶論，也不多事週旋應酬。她有她做人的原則。有所爲，有所不爲。不輕易附和。人家眞有高見，也從善如流，不堅持己見。

她外表柔弱平和，身子也眞不結實，常鬧感冒咳嗽，和腸胃病、消化不良，吃得很少。但她生命力堅強。力自振作，興趣廣泛，能靜、亦能動。她酷愛自然，雅好山水之樂。還是當年燕京大學參加華北運動會女生排球隊的選手。她還入水能游、出水能跳，懂得狐步舞。網球也有兩手、橋牌、象棋更是不含糊。興之所至，她還會坐下來和孩子們對陣跳跳棋。她唯一不能入園的遊藝是衛生痲將。每年春節期間，爲了應景，她總要邀約和她在「痲將幼稚園低班」的級友小聚兩三次。她定下的規則是頂多八圈。三兩圈也可隨時收場。輸贏至今尙未超過新臺幣四十元。實際上總是二十元左右。但無論她參加任何一項育樂活動，她總是全神灌注，毫釐必爭。如果有第三者在旁觀戰，一定以爲她是以她的住宅在作賭注。她那凝神苦思、時而搔首、時而挖耳之狀，眞是如臨大敵。儘管她生趣盎然，逸興勃勃，無奈她生在國家多難之秋，一個狂風暴雨的時代，對時代國家的責任感，忠於戲劇藝術的那一份虔誠，使她整天忙得不可開交，不但跳舞、游水、玩球諸藝早成明日黃花，和着她的學生時代、她的青春一同過去了。卽每年難得的幾次橋牌局、和衛生痲將，除非她自己做主人，她經常是遲到早退。雖然她常遲到早退，她喜歡友好三四便餐小聚，無論她是做主人、做客人，她都幫着倒茶水、擺碗筷、拾桌子等瑣碎事。力求氣氛柔和、賓主盡歡，主僕同樂。不談政治、不論人非。數十年如一日，從無例外。有一次，她豪興大發，邀約蘇雪林、謝冰瑩，兩位文壇先進。和女立委孫繼緒、周敏、倪玉潔、葉叶琴，師大教授蘇淑年姊及我等同去金山海邊渡週末。我還帶了我用的女孩子幫我們做飯，我們訂了兩棟小別墅，分開來在那兒住了兩天一晚。白天大太陽躲在室內玩橋牌、下棋。早晚便在海濱漫步，觀日出，聽潮聲。那時大概在中秋前後。入夜月色如畫，繁星滿天，倒影海上，迷離彷徜；迷離彷徜中有漁火點點，由遠而近，悠悠蕩蕩，時明時滅、如夢如幻，一時岸邊人聲頓寂，但聞四野蟲聲，和輕柔的海水拍岸聲。沒有人再開口，也沒有人走動，大家都一時楞住了！是這如詩的景色把大家的心靈引回了故鄉？引回到童年？引向了不可知的茫茫未來？這是使得大家一時迷失了自己？或是找回了自己？我不知道。但我們曾經經歷過這奇妙的一刻。金山管理處的守夜人一再催我們回去，我們却一再踟躕。「走吧，」我突然聽到曼瑰姊輕聲說。「夜深如水。美景不常，我們還是回到人間，回到竹林去吧」（竹林是我們所居的別墅名）。我當時眞有從睡夢中醒回來的感覺。此情如昨，而玉潔、曼瑰二姊竟都因腸癌先後住進三軍總醫院，又都一去便沒有再出來，永遠不再回到亂糟糟的人間。

曼瑰姐感情內蘊，亦如她的才華內斂。與友好交往，她總是疎疎，淡淡的，很少熱情的表露，激動的言詞。但她對人眞摯，記得玉潔姊出殯之日，那天淸晨她曾和我通電話說：今天玉潔出殯，我可能去遲一點送她上山落土。因爲今天天氣不好，送的人恐怕不多。玉潔生前是頗愛熱鬧的。」那天我和她同車送玉潔上山。不料今日我又送曼瑰姐上山，永遠安息！年來，曼瑰姐也迭遭骨肉之痛。大前年她的大姐、二姐先後在美病重，她立卽摒除一切，專程赴美探視。大姐年事已高，僅得最後一面。她親自照料她二姐的湯藥起居達三數月之久，直到她二姐痊癒後才回到臺北。今年春間我約她來我處玩橋牌，她說索興過兩天，等我的弟妹來榮總檢查身體時，把她也約來玩玩好嗎？不久她的弟妹由香港來臺，立卽住進榮總就醫，住院後僅僅十五天便以乳癌不治。此約成空，時機竟永不再來。人生，有時眞如一瞬。在曼瑰姐住進三軍總醫院之前四五天，尙約了幾位常聚的友好在她家晚餐小叙。那天她便已感覺不舒服。並未入坐就食，但仍在一旁照料。我們怕她累，所以散得比平常早。當時她還一再挽留。回家後，我想到臨別時她的依依之情，覺得我們應該多陪她聊一會，使她盡興。大約一星期後，我便去電話約她來我處手談。接電話的是粹芳姐，她說曼瑰已住進三軍總醫院，是腸胃方面的老毛病，要開刀。她動手術後我去醫院看她，見她臉色蒼白，眼睛無神，精神很弱，但她對自己能恢復健康還深具信心。芳姐已告訴她，我曾去電話約她們來我處玩橋牌。她還說：「待我出院後再來吧。」誰知從此她永不再來。走出病房，我問護士小姐她的病情如何？護士小姐沉吟了好一會才說：「她的直腸已腐爛，已經割除了，其他以後觀察看看。我當時不禁打了一個寒顫，宛如一盆冷水由頭頂上潑下來，一直冷到脚底。不祥的預感，使我立卽想到那道直達藝術中心辦公處的令人柔腸寸斷的樓梯，和她不扱則的飲食習慣。是否也是促成她嚴重的病源的起因之一呢？而她本人竟如此樂觀？在她住院期間，前往探視她的朋友，多知她已患絕症，忍不住流淚。但我從未見她自己流過淚。有一次我去看她，她叫我走近她的床邊說：「你回家後，請給孫大姐(卽女立委孫繼緒)去個電話，告訴她我是患的良性瘤，沒關係。請她放心。昨天她來看我時哭了。使我過意不去。」我見她語態仍是十分平靜，不禁疑惑起來，她究竟知不知道她自己無救呢？我祇好照她的意思給孫先生去電話，電話中我們彼此語不成聲。又一次，她要我寫信給蘇雪林先生，請她千萬不要再由臺南來看她。(因蘇已來看過她一次)天氣熱，車上又辛苦，請她自己多保重。還說：「待我出院後住到大湖去，那邊房子大些，我們請她來臺北好好玩幾天。」那時她說話已很吃力，但仍面無愁容。天哪，她是眞的不知道眞像呢？還是強作歡顏，安慰朋友？我當時眞不知說什麼好。直到她去世後，才聽到她的家人說：在她住進醫院動手術之前，她便寫好了一份遺書，交給她的好友包太太保管。並將她的一些文件、鑰匙，一一點交她的胞弟。身後家事交代得一清二楚。關於戲劇藝術中心今後的工作，也已和她的學生說得很清楚，有交代。那麼？她是早已得知自己將不起了。是一種什麼力量使她如此平靜，如此堅強？

我知道曼瑰姐是出自一個虔誠的宗教家庭。她的父母親、兩個姐姐、和弟弟、弟媳、以及她本人都是虔誠的基督教徒。不管她如何忙，凡是重要的宗教節日，她都要拋開一切，到禮拜堂禮拜。我們一同在漢城參加世界筆會代表大會時，星期天她也約我在禮拜堂爲那次大會的成功祈禱。

綜觀她的一生，忠於自己的國家、忠於自己的信仰、忠於自己的理想，爲推展中國戲劇藝術的發展，在風雨烈日下奔走數十年如一日。對個人生活享受，從未顧及。她在羅斯福路的住宅，還是她初來臺時買下的。後來她母親去世。弟弟、弟媳等先後去美。她便約她的堂姐李粹芳同住。客廳中的陳設幾張舊沙發，沙發上的花布舊椅墊從未換新過。直到粹芳姐前年搬到中央新村，她也跟着搬去。但她客廳中有三幅很惹眼的國畫，一幅是君璧老師的山水，金色的陽光照耀昂首天際的奇峯古樹。飛瀑如瀉，流泉若響。充份表現生之莊嚴愉悅，和大自然的壯麗美妙。另一幅是邵幼軒姊的花鳥橫軸，怒放的粉色玫瑰，枝葉勃發，小鳥上下飛鳴，粉蝶穿梭其中，情趣活潑生動，如聞春之聲自花間葉底傳出來。一進客廳之門抬頭見到的「芭蕉美人」，是已故的多慈姊以曼瑰姐在美學成回國在重慶發表的作品「天問」一劇爲主題畫的工筆畫，暮色蒼茫中，有美人焉，獨立芭蕉樹下、手撫朱欄、仰首望蒼天、眉黛含愁，默默無語。哀怨之情，躍然紙上。曾有人爲多慈姐作傳，提到此畫，但不知她何所本，何所感而畫此。這三幅畫表現三種不同境界，給人三種不同的感受。「天問」一劇，後改名「女畫家」曾在臺北中山堂演出。是曼瑰姐反映今日職業婦女在事業、家庭間所面臨的矛盾、困惑、與煩惱的少數劇本之一。另一主題大致相同者是「戲中戲」六十二年三八節曾在國立藝術館演出。「天問」的女主角是一位女畫家。「戲中戲」的女主角則是一位女科學家。她另以婦女事業家爲題材的劇本是「盡瘁留芳」。是專爲紀念一位婦運前輩，也很愛護她、鼓勵她的廣東同鄉故立委伍智梅女士而作。她所編寫中英文劇本共有二十餘部，以觀衆之擠擁擠與轟動情況來說，似以漢宮春秋爲最，但我非行家，不敢任意置評。曼瑰姐給我印象最深刻的是她的創業精神、敬業精神。和她爲人的平實處，她生活的勤儉。

她住在羅斯福路時，每天早餐後，便帶點她的老家人阿美爲她做好的簡單便當到對角的臺灣大學、張肖松敎授的研究室作研究、寫作，下午三四時才拖着一身疲倦回家吃點阿美爲她留下的菜飯。後來張肖松女士由臺大退休去美。她本人又隨她的堂姐搬到中央新村。她便在羅斯福路的中國戲劇藝術中心辦公處的後面隔了一間不到五個榻榻米大的斗室，作爲她在城區的辦公休息處。

無論是在臺北、韓國、日本，我們一道逛街時，她極少進百貨公司、綢緞莊，或珠寶首飾店，她一有暇便想看看好的電影，欣賞國劇或聽聽音樂。我們在韓時除了參加韓國正式招待的各項娛樂節目，她還要拖我和畢璞姊去看韓國的地方劇、話劇。在日本東京時，我們白天隨着觀光團體到處看，晚上回來已經很累，她也要拖我和畢璞姊去看日本傳統的、或現代的戲劇、舞蹈。她隨時隨地，都在觀察人家戰後戲劇藝術的發展，藉以參考，來推動我們自己戲劇藝術的發展。她在醫院中直到彌留之際，語音不淸，仍在和她的學生，和胞弟談中國戲劇的將來！

人世如舞臺，她的戲看似落幕了。但她的戲劇藝術生命，並未隨着她的肉身一同死亡。因爲她的學生們，正在計劃如何繼承，並光大她的事業。在可預見的將來，她的生命將在她的學生的計劃、和抱負中復活。生命本無常，人生如一瞬，有時，一瞬中便可見到永恒，願曼瑰姐平靜地安息。

原載民國六十四年十一月十三日臺灣新生報副刊

海燕

秋，是一個收穫的季節。下了巴士，心寧用手將風吹亂了的頭髮向上抹抹好，理理衣裙，就向附近山坡上的「鳳凰山莊」走去，「好美！」她一邊走、一邊向四週看看。田野，山間，溪上，到處撒滿了金色的陽光；山坡上，樹枝間掛滿了一串串菓實；稻田裏，蕩着一片金色的波浪；空氣中洋溢着和平，富庶，和愉悅的氣氛。心寧今天穿一件純白色的西服，像一隻純白的毛羽剛豐的嫩鴿，在一片金色的陽光中展翅飛翔。興奮，歡欣，她以最輕快的步調，直向郊外的靜宜姨母家走去。靜宜姨母，是她母親的唯一知己，也是這個世界上，除母親而外，她最敬愛，也最愛她的女人。「這消息不知要使靜宜姨母多高興呢。」她想着更加速了脚步。耳邊響着流水的潺潺聲，一些不知名的秋蟲的唧唧聲，和枝頭小鳥的啾啾聲，她感到整個大自然都在爲她歡唱，眞的這次得來非易的機會，使得這個少女眞個有點飄飄然了。

在靜宜姨母的起坐間裏，已經有兩位花枝招展的女客在座。靜宜姨母首先介紹那斜靠在沙發的一角，悠閒地吐着煙圈，楊貴妃型的太太說：「心寧，這是董伯母。」心寧鞠躬如儀後，她又給心寧介紹那位搔首弄姿的所謂李伯母，那是一位有着一雙勾人心魄的大眼睛，戴着耀眼的鑽石耳環，穿着一件較鑽石更爲耀眼的櫻紅色祺袍的女人。

「這是女狀元張心寧小姐，我的乾女兒！」靜宜姨母故作驚人之筆。停了停，又接着道：「她是××大學物理系第一名的畢業生，也是××大學最優秀，最年輕的女講師，你們看她還像個孩子，她却有兩篇關於物理學方面的論文，在美某科學雜誌上發表，很受美國科學界人士重視，現在美國有兩個著名大學，願意給她每一年好幾千元的獎學金，邀她去美國研究哩。」

立刻，兩位嬌客的目光像探照燈似的，一齊向這毛孩子身上投射，似乎想發現什麼特徵，如痲面，缺嘴之類；她們認爲會讀書，肯用功的女孩子，一定都是醜小鴨之流。漂亮可愛的姑娘們，早被男人釘着談情說愛，或是結婚生子去了。那來機會做女狀元一類的角色呢？但是，現在站在她們面前的女狀元，却像一枝生長在幽谷中的芳蘭，她們的心莫名其妙的往下沉，無可奈何的說：

「你可眞好福氣，有這麼一位才貌雙絕的乾千金！」

「你們猜她是誰的孩子，她爸爸就是張××博士呀！她媽才眞是個美人哩。」

「她便是張××先生的小姐?!怪不得，有其父，必有其女呵！」

像一個小石子擲入平靜的湖心，立刻激起一片浪花，一件久已被人們淡忘了的人物和故事，又重在人們的回憶裏浮現了，心寧剛出去帶上門，李太太便開腔：

「她媽不就是演茶花女一劇出名的于小倩嗎？這位名女人和張××婚後情形怎麼樣？現在眞是消聲匿跡，默默無聞很少有人提到她了，大概也老得不像樣哪？」

靜宜姨母還來不及答話，另一位又開鑼了：

「張××倒眞是個大好老哪，要是旁的人怎麼肯呢？于小倩和我姐姐是北平藝術學校的同學，我太清楚她了。」

「得，那張××也夠瞧，還不是因爲自己又老又醜，又有寡人之疾，否則的話，天下女人有的是，又何至於要娶于小倩呢？」李太太說得怪得意，完全忘了自己丈夫的尊顏。

「不管怎樣說，張××總是一位有學問，有聲望，在學術界有地位的人，……不過……唔，娶了這樣一位太太，……」說到此處，董太太祗是搖頭，沒有接下去，似乎無限地替張博士惋惜，又覺太便宜了像于小倩那樣的女人。

「小倩和張結婚後，倒眞是一位標準太太，他們夫婦一直過着很幸福的家庭生活，很少出來交際。其實，小倩待人也不錯，心眼也怪好的，祗是一時糊塗，唉，一個女人長的太美，總是容易惹是生非些。」靜宜姨母想起一些關於這兩位女客的身世，和私生活等傳聞，慢悠悠地說。

兩位嬌客還要繼續發表高論時，傭人來請用飯了。於是嬌客又趕忙打開自己的手包，拿出了粉盒，對着粉盒上的小鏡補行化裝。各種泊來化裝品的香味，正像一陣薰人欲醉的春風，將她們重新吹回離她們遠去了的燦爛光彩的青春夢裏。經過幾次三番的顧影自憐之後，才以她們自認為最優美的步調，花枝搖曳般來到餐廳。心寧注意到，所謂董伯伯者，是滑稽型的人物，一張老馬臉，獐頭鼠目，脖子比長頸鹿的脖子還要長些。那位李太太的先生，却是腦滿腸肥，矮堆堆的，大概上帝創造他的時候，頸子部份的材料沒有準備，所以頭是直接放在肩上的。挺胸潤背，一表堂堂的靜宜姨父側身其間，眞如鶴立鷄羣了。

「Darling 這位張小姐是張××博士的千金，她的媽也許你認識，就是當年大名頂頂的于小姐于小倩呵！」兩杯白蘭地下肚之後，董太太臉泛桃花，碰了碰自已丈夫的臂膀說。

「于小倩小姐？怎麼不認識，眞是個顚倒衆生的美人。」長頸鹿將脖子伸得更長了，眼睛盯着心寧，感慨無限地說；「小倩的小姐都這麼大了，我們焉得不老！」

「是不是會寫寫詩，畫幾筆花卉，在北平藝術學院唸過的于小倩？」胖子李呆呆地望着心寧，又摸了摸自已肥碩的頭顱，回過頭來向長頸鹿說，「這位于小姐可長得和她媽一模一樣。」

「喂，老李，你還記得我們不顧第二天的考試，小倩演茶花女時，去忙着捧場的情形嗎？」長頸鹿心有所感的說：「我們都曾經是于小姐的眞實羣衆！祇可惜她後來被另一批人包圍了。」

「怎麼不記得」胖子李回首前塵，覺得自已年輕了三十歲。輕快的轉向靜宜姨父說：「鏡澄兄那時你大概正在國外，未能躬逢其盛。張小姐的媽媽，眞是才貌雙絕，風雲一時的人物。當時在京滬一帶的大學生和教授羣中，于小倩三個字，眞是沒有人聽了不心跳哩。」酒和興奮，他連臉帶脖子都紅透了。

「我想心跳得最利害的還是你，」胖子的太太酸性發作了，「所以到現在還一直鬧心臟衰弱症，原來這個毛病是由來已久。」

「李太太，你嚐嚐這魚的味道如何？還可以嗎？」靜宜姨母說，顯然想轉換話題。

「是糖醋魚，太酸了一點吧？」長頸鹿笑着說，語意雙關，引得哄堂大笑。

「你們男人哪！哼，眞是一言難盡……」胖子太太氣得漲紅了臉說不下去了。

「今天眞熱，我看開了電扇吧？」靜宜姨母對丈夫說。存心打斷李太太的話，看到心寧窘惱和困惑的神情，她感到無限憐愛，却又無可奈何。祇好說：

「孩子，吃完了外面涼涼去，不必講客氣留在這兒哪！」

× × ×

客人們帶酒意的一番閒話，不啻給陽光燦爛，鳥語花香的心寧純稚的心田上，投下一層灰色陰影。在她，母親是人世間最偉大的女性，是這個世界上她最敬愛的人。不但她個人以有這樣一位母親爲榮，卽她的同學好友，那一個不是對她的母親又敬又愛，又羡慕，又妬嫉。今天，這些壞旦的連篇鬼話和輕薄態度，大出意外，大使她傷心了。想不到這麼好的一個靜宜姨母，也會和這些不三不四的男女來往。她深悔自己不該揀今天這個日子來。在去國之前，遇到這麼一場不愉快的事，不特使她對靜宜姨母的信心和愛心，發生了動搖；連自己對母親人格的完整，都起了疑問，這對她是多麼不幸啊。

出了餐廳，她沒有向任何一個人招呼，就一個人跑回家去。一進門，看到母親像一座聖母像似的，端坐在書桌旁邊靜靜地唸着聖經，想到午間那一幕，她眼淚水都要流出來了。

「孩子，怎麼這麼快就回來了，不是說明天才回的麼？」看到她進來，母親驚訝地，放下了手中的書，走近她說。

「靜宜姨母是不讓我今天回來的，但我想到許多事情需要整理好，所以又急着回來了……。」她浮着不自然的微笑回答母親，心上祇想哭。

到了晚上，她一個人躺在床上，望着窗外一片如銀的月色時，午間那一幕，又浮現在她的眼前，董太太在提到她媽時，那種輕薄不屑的眼神，李太太尖酸的言語。苦惱，傷心，懷疑，使她反側不能成眠，斜支着頭，望着窗外皎潔的明月，她喃喃低訴：

「母親呵，你慈愛如偉大的聖女，皎潔如天邊的明月，堅定如山間的盤石，寧靜明澈如不波的秋水。難道，你也曾留下什麼話柄，給人談論嗎？天哪！這是一個什麼樣的社會，什麼樣的人生呵……」

× × ×

三十年前，張心寧的母親于小倩，確是名噪一時的人物。她出自江南世家，能詩善畫，儀態萬千。在北平藝術學院肄業時，因主演茶花女一角，與男主角假戲眞做，戀起愛來，後又結爲夫婦，生有一子。但自演茶花女一舉成名後，她被某些人有計劃的捧着，有計劃的拖下海，報章雜誌上不斷有歌頌他的詩詞和文章，當時名小說作家蔣××，曾以她爲書中女主角，寫了一本「衝出層雲的月亮，」據傳某新詩人的好些詩，也是以她爲對象，訴盡了相思和戀慕。愛情、虛榮，新奇織成了一面密密嚴嚴的網，把她輕而易舉的網進去了。起初她還限於在文化、藝術的圈子裏活動，漸漸又被捲入政治的旋渦。她奔馳於平、京、滬道上，領導歌舞團哪、話劇隊哪，組織青年讀書會哪，利用社會的病態心理，她以自己的青春美慧作資本，到處展開活動，也到處受到春雷般的掌聲；她出面組織的文化沙籠，是某一部份人，政治文化活動的中心。人們歌頌她是暴風雨中的海燕，海燕是應該飛翔於太空之中的，豈可被關在狹隘的籠子裏？人們描述她是衝出雲層的月亮，月亮是普照衆生的，豈可躲在雲層深處？於是，首先被犧牲的，便是她的丈夫和孩子，她把他們看作她直上青雲的障礙物，一脚踢出。自己便由這個桃色的夢中，飄進另一個金色的幻境，像個患着色盲，患着狂熱病的人一樣，她已看不清是非曲直，辨不清紅黃黑白，更無復想到自己整日忙忙，究爲何事？她祇覺得要這樣才夠刺激，夠風頭，這種生活才充滿詩意，充滿羅曼笛克，充滿青春的味兒。並自我陶醉的解釋自己是前進的女性，是海燕，是衝出層雲的月亮，是愛和自由的象徵。

好景無常，終於暴風雨來了。祇一夕之間，環繞在她週遭的愛友哪，衞星哪，都煙消雲散了。祇有她，茫然無知，被孤另另地扔下。又被那些衞星們的政治嫌疑案所牽累，被捕下獄。在獄中，爲她奔走營救的，祇有她自己的老母，和曾經一度與他有白首之盟的表兄。至於她原來的丈夫，早已離開北平，帶着孩子回到他的故鄉，彼此不相聞問了。由於表兄的盡力營救，也因爲偵察的結果，她並沒有確切的罪證，坐了十個月的牢，她便被釋放了。出獄後，她回到老家，她的寡母久以纏綿病榻，她回家不到一個月，便去世了。曾經深愛過她的表兄，也已綠葉成蔭子滿枝，再沒有多餘的感情，與她同溫舊夢。她四顧茫茫，倔強而又不甘寂寞。覺得無路可走時，又想起了自己昔日的風頭，我要回到海燕時代去。於是，她到處找線索，風聲一停，那些屬於黑夜的動物，果然又四出活動了。使她大出意外的是，他們對她的受累下獄，骨肉離散，不但沒有片語隻字的安慰，反而對她的能於短期內出獄，懷疑是她出賣了他們，他們不特不再捧她，而且處處打擊她，防範她，把她當作內奸。她傷心失望之餘，草草將母親葬了，就準備去尋找人世間她唯一的親人，她的孩子。在一個仲夏的清晨，她重新挺一挺腰，趕到車站，「故鄉！給與我的祇有冷淡和落寞，我永不回來了。」她想着，在候車室裏，買了一份當天的報紙來看，在新聞欄內，一則驚人消息，把她擊昏了：就在兩天以前，一艘由西南開漢口的失事內江小輪，罹難的旅客名單，竟赫然有她的丈夫和孩子在內，她像夢遊人似的，又折返回家。在父母的墓地徘徊了一整天，天黑了，月亮又漸漸出現在雲端，她又悄悄來到她家的住宅後面。摸到河邊一塊大岩上坐着，岩石後面有一株大大的槐樹，像一把巨傘似的，遮敝着這塊突出的巨石，這兒正是她十七歲那年，和表兄定情的地方。她依稀記得，也是這樣美妙的月夜，她溫柔地依在表兄懷裏，望着滿天繁星，幻想着燦爛的將來。她更依稀記得，當兩心相貼，生命交流時，她還曾順口哼出「……綠水青山作證明……」的定情詩句，證明他們的愛，證明他們永恆不變的心。想不到，造物弄人，祇爲她在上海唸書時曾參加上海業餘劇社演了一場「娜娜」，表兄的爸，她自己的姑父，便把訂婚的信物退了回來，廢了婚約。表兄也作不了主，理由是她是姨太太生的，天生的不規矩。可憐，那時她除了表兄，連第二個男人的手都沒碰過。愛情，愛情，什麼是愛情？她那時傷心透哪，心一橫，下定決心，此後要不把男人放在心上，玩玩他們。可憐，孩子的爸，她的亞猛，倒始終是死心踏地愛着她的！想着，想着，她的眼淚滾了出來。往事如煙，他祇覺得頭腦昏脹，其他一切都模糊了。模糊中，她似乎看到自己的丈夫，孩子，母親，都在如鏡的碧波中向她招手，是的，那兒才是我的家，我的破碎心靈的歸宿地。於是，她縱身一躍，將她一切的苦惱，悔恨，失望統統付諸流水。巨大的聲響，驚起了附近的漁船，他們知道這是怎麼回事，因爲在這地方，發生這種事情已是好幾次了。他們將她救起後，便將她送到附近一個教會醫院去急救，在她活過來的當天下午，她第一眼接觸的是床頭小几上一本大大的聖經。她的眼睛稍向上看，又看到一頭灰白的頭髮，一張紅潤的，又似相識，又似陌生的紳士臉孔，她的眼睛張大了，好像剛由千萬魔障的惡夢裏醒過來，不自覺地：

「哦……」

「小倩，你醒了？」

「這是什麼地方？我在做夢麼？」她驚訝的望着那位紳士說。

「這是醫院，你的夢已經醒了。現在你是平安地活在陽光底下，小倩，現在你覺得還舒服麼？」望着她有些近乎癡呆的眼神，他懷疑她是否神志清楚。「還認識我麼？小倩，我上星期剛由北平回來渡假，今天看報才知道妳的事，我一早便趕來了，妳一直在發燒，現在大概好了。」他用手摸了摸她的前額，燒已退了，他又用自己的手帕，替她揩乾了滿臉的汗水，「還記得我麼？小倩。」

「我看報才知道妳的事情。」這句話落在她心上，立刻發生回響，使她頓時想起了一切，也明白了一切。人生真是難得糊塗，一清醒過來，她馬上又哭了，眼淚汪汪，望着自己父親的朋友，又羞愧，又感激，她哽咽道：

「張伯伯，我想起這些事來了……，我怎麼會不認得您呢？到今天，除了您，還有誰肯來看我呢？可是：我眞……不……想……再……活下去了。」

「別說傻話，孩子，你的生命還剛開始哩。」他握住了她放在床沿的小手，聲音裏充滿了憐憫。

一種被關切的感覺，又使她已經結了冰的心湖漸漸融化，激起一陣新的漣漪，眼淚也隨着像瀑布一樣傾瀉，大概悲哀被壓抑得太久了，她再也說不出一句話，祇是像孩子一般的哭着，嗚咽着。

「平靜下來，孩子，別再激動了，讓我叫他們給你一杯牛奶吧。」

她好一會才抑止住哭泣，喝了幾口牛奶，臉色也恢復了一些血色。祇是依舊衰弱坐不起來，靜了一會，她按捺不住又激動起來向張博士說：「我已失去信心，失去了生存的憧憬和勇氣，再活下去，爲什麼呢？」

「爲什麼？上天創造衆生，不是無目的的，人活着也不是沒有意義的，一個人要活下去的理由多着呢，有時，一個人並不完全屬於自己。」

「可是，我已把自己糟蹋完了，浪費盡了，一切都遲了，我今年廿八歲，老都老了！」望着窗前桌上那瓶盛放的玫瑰，想着被自己浪費掉的青春，她又傷心起來。

「老了？你在我眼中還是個孩子哩。」

「我的心枯了，精神衰老了！完了！完了！」

「小倩，一個人祇要有信心和決心去做一件事，永遠不會遲，永遠不會老。在人生的歷程上，雖然處處都有懸岩和荆棘，也處處都有陽光和花朶。祇看你自己如何愼重選擇你的道路，看你是否有智慧和勇氣懸岩勒馬，斬荆除棘。看你是否沉得住氣，接受失敗和挫折，失敗是成功的梯子，正是回頭是岸，現在你一切還正開始哩。」本來她的手是一直被他握着的，現在他握得更緊一些，似乎想藉此增強她再生的勇氣信心。

「張伯伯……」現在她又祇有流淚了。想着自己也曾經有過理想，做過夢，但是，人生有時也和下棋一樣，祇因一步棋走錯了，至使全盤皆錯，一敗塗地。「愼重選擇自己的道路，」這句話在她聽來，眞是太重要，太有意義了。

望着這個自己看着長大的孩子，現在算是從死的邊緣又活了回來，想着她的不幸的遭遇，張博士感慨無限：「小倩，在你剛才昏睡着沒有醒來時，我一個人坐在這裏，望着你沉睡時的平靜臉色，我彷彿看到你十週歲生日那一天，你父親牽着你，一一向來賓介紹時的情景，記得那天你穿一件粉紅色的綢衣，又聰明，又美麗，眞像隻小百靈鳥似的飛來飛去，週旋在許多賓客當中，客人們個個稱讚妳，那天你父親眞是高興極了哪！」

「但是，張伯伯，倫常的愛和家庭的溫暖，對我而言祇是一個夢罷了。我雖曾有過這個夢，但是遼遠而消逝了。」

「記住，小倩，我不特是你父親的知交，也永遠是你最可信託的朋友，祇要你需要，我的手是永遠伸向你的。」

「哦！張伯伯，……」她什麼話也說不出，祇拿住張博士的雙手，緊緊壓住自己的胸口，放聲痛哭。

直到她勉強止住了哭泣，張博士才走。張博士走後，她拿起那本聖經，隨手翻開來，是彼得後書，她第一眼接觸的句子是：

「主不願有一人沉淪，但願人人都悔改。」彼得後書三章九節。她立卽坐直了身體，認眞的看下去。

「請問你要吃點什麼東西麼？」正在此時，看護開門進來。

「不想吃什麼，請問聖經可以在這兒買嗎？」

「不要買，這本是安牧師送你的，你看上面寫了字。他來看過你兩次了，妳都沒有淸醒。」

她翻回聖經的封面的底面，果然上面寫着：

小倩姐妹惠存。

耶穌說：「我就是道路！」願神領導你走向平安的大道。安彼得敬贈。

第二天，小倩便被接到張博士家去休養。他家有的是豐富的藏書，他以長者的風度，指引她多讀一些歷史和哲學方面的書籍，希望她慢慢接近眞理。並請她爲他一個十四歲的男孩補習功課，因爲他鰥居三年了，家，也正需要有人照顧。在一個感恩，一個憐愛的情形下，不到半年，張于便正式結婚。婚後，于小倩很少在交際場中露面，似乎在用她全部的精神，去重建一個幸福的家庭，張心寧便是他們唯一的愛女。

張心寧踏上了去美的飛機，又由機艙口回過頭來看看她的雙親，父親有點顯得老態龍鍾，滿頭白髮，向她頻頻揮手，他的手也揮得不自然，有些僵硬了。她的心突地往下一沉，我還能和父親再見嗎？而站在父親身旁的母親，却如一尊觀音大士的立像，腰肢挺挺的，一臉的慈祥。慈祥而又莊嚴。歷盡滄桑，暴風雨似乎不曾在她臉上留下任何痕跡。在這臨別的最後一到，她還希望在母親的神色中看出什麼端倪。而母親却顯得那麼平靜，平靜而堅強。她的會說話的眼睛似乎一再告訴她說：「孩子放心，爸爸的健康會好起來的，媽能擔負起一切。你要自己多多珍重、珍重自己。珍重的含意是很廣的，她想母親已把她自己的故事告訴我了，要我在她的故事中吸取教訓。正是「盡在不言中。無聲勝有聲。」她也相信母親這無言的啓示：堅強的母親一定能夠支持日落西山的父親，在母親的愛的培養下，父親心智的餘輝，一定能繼續放發光芒。

原載中華民國五十二年九月某機構月刊

碎錦花瓶的故事

在我的一生中，最先跳入我腦海中的外國名詞便是日本，最先使我那稚弱的心靈感到威脅、恐懼和憤恨的外國人便是日本軍閥。

在我讀小學時，老師便告訴我們日本鬼子怎樣欺壓中國；早在我唸幼稚園時，我就常聽到小學部的孩子們唱：「……高麗國、琉球島、與臺灣，地不小，可憐，都被她（指日本）鯨吞了！到如今，乘我國勢飄搖，又提出二十一條，爲奴爲僕眼前到，同胞們，快起來！」我由小學、中學而大學所看到或參加過的學生愛國運動差不多都是爲反抗日本侵略而發。青年們年復一年，不斷的在全國各地推動抵制日貨運動和反抗日本軍閥侵略運動。我生性疏懶好靜，平時很少參加學校的社團活動。但每當我在報紙和雜誌上讀到日本軍閥如何製造事端，向我國挑戰，得寸進尺和侵犯我國主權時，我常常熱淚盈眶，總希望自己能爲苦難中的國家做點什麼，我雖不曾登臺演講，率隊遊行，但我和大多數的同學一樣，常常自己掏腰包買紙張和布帛，不眠不休的寫標語和做旗幟，沿街張貼，希望能喚醒同胞，打倒日本軍閥！還挨戶去勸告那些商家不要買賣日本貨。記得有一次，漢口一家大百貨公司的老板衝着我們三個手執「我愛我的國家，我不買賣日本貨！」的小旗的女生大吼：「你們這些學生懂什麼？我做生意爲的是賺錢，人家買東西祇挑好的貨色，管它中國貨還是日本貨，賺錢第一！走，走，走，我才不吃你們這一套！」

回到學校，我們越想越氣，終於想出了一條報復的妙計。因爲寒假很短，我們都不回老家，就在那年除夕的晚上，待各商店關門打烊後，我們悄悄塞了一封信在這家商店的大門內，信的大意是說：像他這種買賣日貨不以爲恥的奸商和賣國奴一定會遭天火燒！逢年過節時，商家特別避忌諱，求吉兆。我們想，那個老板在元旦清晨接財神時，中了我們回敬的這個頭彩，一定會氣得七孔出煙吧！可惜我們不能目睹。當時我們不過是受了那位老板的氣，又奈何他不得，完全是一種孩子氣的泄憤行爲。不料事隔月餘，這家商店眞的失火了，燒成了灰燼。看到的同學告訴我們此事時，我還疑信參半。當我親自跑去看時，站在那些斷瓦殘垣上，我突然感覺到人生是有許多巧合，冥冥中如有天意。我相信中華民國一定不會被日本征服的，一旦與日本交戰，我們一定會勝利！

蘆溝橋事變震動全國。繼蘆山會議之後，我們政府正式宣布對日抗戰。消息傳來，同學們都瘋狂了，個個磨拳擦掌，人人都有一死報國的決心和勇氣。隨着戰爭的進行許多驚天地、泣鬼神的英勇故事都由報章傳播開來。平日毫不關心政治，甚至根本不看報紙的人也在搶着報紙，要看頭版新聞了。在運動場，在圖書館，在自修室，在寢室，在餐桌上，大家談的都是與抗戰有關的人和事。不同的戰況和不同的故事使得同學們時而相顧失聲，時而握手大笑，時而拍桌大罵，時而歡欣鼓舞。抗戰把一切羅曼蒂克的氣氛和幻想都沖淡了，偶爾有，也沾上了抗戰色彩。

在前線，幾番壯烈的犧牲和血戰，幾番迂廻曲折的轉戰和失利，京滬開始撤退！許多機關和團體都遷了到武漢。武漢成了抗戰的首腦部，是一片戰時景象。各級學校都停了課，許多同學也都參加了戰時工作。我在初中讀到護士之母南丁格爾的傳記後，對這位偉大的女性一直懷着無限的敬慕之情。當同學告訴我某機關正在招收學生到戰地服務，問我是否願意和她去試一試時，我認爲我久已嚮往的時刻來臨了，與高采烈的和她去應徵。想不到主持這件事的上校把我從頭到脚打量了一遍，以毫無商量餘地的口氣對我說：

「你不合適。」

「爲什麼？」

「太嬌弱！」他立即在我的名字上打了一個「×」，然後抬起頭來，「前線工作是很艱難險阻的，需要勇氣，還需要強健的身體。」

一盆冷水迎頭潑下來，我窘得滿臉通紅。我少時非常瘦弱，常鬧感冒，頭痛一類的小毛病，同學們都以「林黛玉」、「林妹妹」等名字來揶揄我。如今被他如此一判，豈不更給人以口實，我當時心裏很不服氣，硬是站在那裏不動。

「其實抗戰工作不分前方和後方都同樣重要，現在後方很多工作也都需要人，尤其是青年人。譬如傷兵醫院就感到人手不夠，可憐那些重傷的人多需要溫柔細心的小姐們的照顧，」他好像是在安慰我，「為傷兵服務是一種很有意義的工作。」

我的心微微一動，覺得正中下懷。「這裏的重傷醫院在那兒？」

「漢口，」那位上校說，「現在有關部門正計劃訓練一批女青年去服務哩。」

護士的經驗

我受了一星期的訓練，就去醫院工作了。我們有時也去車站，為剛到的傷兵服務。在醫院，我們祇做些為傷兵洗手臉、整理床舖、給茶水、量體溫、寫家信和做洗滌傷口的小棉花球等工作。有時，我們大家也站在一起，唱唱抗戰歌曲給傷兵們解悶。他們常常聽得流眼淚，埋怨自己命運不濟，不能在前線殺敵，只能在醫院裏呻吟。能夠鼓掌的人也鼓掌助興，可憐好些人都祇能用僅有的一隻手拍拍床舖，或是用留下的那隻脚踏踏地板。有時，他們也會欣然微笑，說些相互安慰和相互鼓勵的話。傷勢嚴重的人祇能躺在床上半張着眼睛，楞楞地看看天花板，也不知他心裏想些什麼。現在回憶起來，這些情景都歷歷在目。

在車站服務時，因爲人手不足，我們常被小材大用，做爲傷患洗滌傷口、消毒搽藥和包紮傷口等工作。做這些工作可眞要有點能耐，因爲有些傷兵的傷口不但已經腐爛，還生了蛆蟲，那些蛆蟲厚厚的一層在傷口上蠕蠕動着，眞使人觸目驚心！因爲經驗不夠，心裏緊張，爲他們洗滌時，就顯得笨手笨脚的。包紮傷口尤其不簡單，包緊了，傷口會痛，包鬆了，會散開來，尤其是膝蓋部位最難弄。

開始幾天，我去車站服務，看到那些腐爛了的傷口和蛆蟲，聽到那些慘痛的呻吟和呼號，我的心似乎要炸開來了。我想哭，頭昏目眩的又想吐，拼命壓制自己不哭出來，不吐出來，眼淚却不聽命令，流個不停。那些傷兵反過來安慰我：「小姐，不要爲我們難過，我好了一定拼命殺幾個日本鬼子，來報答你們。」眞想不到平日大家所稱的「老粗」有時可眞像天使一般。不管我們的工作表現如何，他們總是以感激不盡的目光看我們，從無怨言。

警報響了，我們實在不忍心丢下這些殘肢斷腿的同胞去逃命，他們是爲保衞全國同胞的生命和財產才犧牲的呀！大家都留下來守住他們，並安慰他們說：「沒關係，我們大家在一起，上帝會保佑我們！」他們却堅持要我們趕快跑，甚至有個斷了右臂的小兵威脅我們說：如果我們一定要陪他們死，他就要先我們跳下車軌去摔死。還有人流下眼淚，很沉痛的說：「我們已經沒辦法了，你們應該留着生命，爲源源而來的傷兵服務，萬一你們被炸傷，炸死了，誰來照顧後來的傷兵呢？」他們那種眞誠謙虛的態度眞令人感動。有時，我們爲他們洗傷，不愼把他們碰痛了，他們不但不生氣，還安慰我們說：「不要緊，我們是老粗，什麼都不怕，怕痛的人就不會去當兵。」想想我們當時內心的感受！服務傷兵的工作做得越久，無形中就會和他們有一種很深的情誼。不是對他們之中的某一個人，而是使你一見到那些正當少壯有爲之年，就被無情的戰爭摧殘得四肢不全、血肉模糊的人那種堅定而又感到無助的神情時，心裏就有一種超越憐憫的感受和關注，那是很難描繪的，它是那樣深深地感動着你的心，使你要不顧一切的去幫助他們，否則，你便會安不下心，感到內疚。

我們做這些工作都是沒有待遇的。正因爲大家都是以一種獻身忘我的精神來做着這些工作，也就做得特別認眞和起勁。有時我們會累得站都站不穩。中午的時候，我們常常以饅頭和麵包充饑，也很少按時就餐。可是我們沒有怨恨，沒有嘆息，有一些眼淚，也是酸酸甜甜的。我更瘦了，奇怪的是倒很少傷風，在我的生命史上（到目前爲止），那是我最辛勞，也最快樂的時期，是我對自己和對國家充滿信心和希望的時期。這一時期對傷兵的服務雖然時間甚短，我對人生，對宇宙有了更深一層的認識。它擴大了我的視野，也加深了我的視覺。在粗劣的物質環境中，在與一些微不足道的小人物的頻繁接觸中，我看到一些值得珍視，而我平常又無法看到的事物，也認識了一些使我畢生難忘的人物；也許這些人在旁人看來不值一顧，他們却深深地感動了我。我甚至到現在還不知道他們的名字，以及他們現在是活着或早已亡故。如果他們還活着，是來了臺灣還是被關在鐵幕裏，我都不知道。但他們却常常活靈靈地在我的心中出現，像「碎錦花瓶」、

「小王媽」、「小山東」和漢口寶斗里的那些可憐蟲……。

碎錦花瓶

先說「碎錦花瓶」吧！我們雖然都有獻身和忘我的精神來做這些工作，由於訓練不夠，工作經驗不夠，做起來很難得心應手。我們之中祇有一個人好像是天生的護士。是上帝的特使，是上帝派她來照顧這些需要照顧的人的。她樣樣工作都能得心應手，做得乾淨俐落。她還總是以一種愉悅溫柔、情意綿綿的心情來做這些工作。好像這些傷兵是她的丈夫、情人、兒子、父親、親兄弟一樣。她爲他們洗滌傷口時，蛆蟲爬到她手上，她都面不改色，照樣溫柔愉快的笑着。她包紮傷口也包得很出色，總比我們技高一着。據說她工作了一天下班回去了，就把她的宿舍的女工找來當模特兒，把她的腿和臂膀反反復復的包來包去，一直包到她滿意爲止，又一再去請教醫生，從醫生處得了妙訣，又回去反復練習，一點也不含糊。

我們也常帶點水果、鷄蛋、牛奶和餅乾給重傷的士兵增加營養。這都是醫院許可的，但必須交給院方去分配，因爲他們才知道誰需要什麼。她帶去的次數特別多，她又會想出許多的花樣，她常在禮物上加一張紙條，紙條上寫着：「勇敢的好孩子，快快樂樂的接受醫生的治療，我祝你早日恢復健康！七十歲的李阿婆敬贈。」「親愛的叔叔，我和我的兩個小妹妹一同祝福你，小虎敬上，十歲。」諸如此類的玩意。她讓傷兵們感覺自己在被全國老小的同胞關愛着，而獲得更大安慰。

這些情形我們都是以後才知道的。

「姑媽」是傷兵對她的專稱。是怎樣叫起來的呢？據說開始時，那些在痛苦中呻吟的人得到了她的細心照顧，就情不自禁的輕輕地叫她媽媽，叫她觀音菩薩，叫她親姐姐、親姑媽等。後來大家知道她還沒有結婚，年齡也不輕了，就一律叫她姑媽。我們去醫院時，常有人問：「姑媽今天來不來？」「姑媽昨天沒有累病吧？」我雖然沒有見過她，姑媽的大名對我來說却是如雷灌耳。

我和她不同班。我去醫院，她去車站，我去車站，她去醫院，我和她無緣，她的故事却聽到不少。和她同班工作的梅蕊常常告訴我她的事情。我說姑媽是仙女下凡，是上帝派下塵凡的特使可眞不是宣傳詞令。她的工作成績好，服務精神也好，她的一些短處如今都變成了她的長處。譬如姑媽沒有音樂天才，一隻歌都不會唱。我們的抗戰歌曲不但唱得滾瓜爛熟，而且唱得抑揚頓挫，音韻悠揚。姑媽無法參加大家的合唱，她却獨出心裁，給那些想睡而又無法入睡的病人輕輕地哼着搖籃曲。我們是大合唱，她是女低音的獨唱：「搖搖搖，搖到外婆橋，外婆叫我好寶寶……」她那帶鄉土味的低嗓音混和着鼻音我們聽來眞覺好笑又蹩扭，那些傷兵却聽得非常入味：「姑媽你使我想起我的媽媽來哪，我媽的聲音和你一樣好，天生的！」「姑媽你使我想起我的小時候來哪，你的歌聲好甜……」像是天使的歌聲，她的搖籃歌把那些失眠的人導入了夢鄉。

姑媽的外貌很難引人注目，尤其對男士們。可是她在傷兵羣中出現時她似乎被一種看不見的祥雲湧載着，被一種照耀人心的光圈籠罩着，使她光芒四射，顧盼生姿。祇要看到她一出現，那些投向她的孺慕和期待的目光、那些輕微的嘆息、那些近似孩子撒嬌的呻吟和那種騷動才眞使你大吃一驚，以爲是天仙墜落塵凡了！姑媽的妙處就在她的平凡都變成了不平凡，她的醜也變成了美，而使她轉變的因素就是抗戰。

似乎人們都不習慣叫她的眞名。爲傷兵服務的時期，她叫「姑媽」；抗戰以前，人們背後都叫她「碎錦花瓶。」說來她也是個傳奇性的人物，記得那一天我正在忙着做小棉花球，因爲傷兵源源而來，洗滌傷口用的小棉花球總是供不應求，所以我們一做完別的工作，就馬上趕着做小棉花球。我正趕着做時，聽到剛爲傷兵們量完體溫的小胖一邊走過來，一邊說：「眞想不到，原來是碎錦花瓶。」

「你說什麼？」我側過頭來望着她。小胖是我的同學，昨天我們在車站爲傷兵洗滌傷口時，第一次發現腐爛的傷口上竟生了蛆蟲，晚上我們都吃不下晚飯，難過得想哭一場。小胖夜裏哭醒了好幾次，說是夢見自己身上也長了蛆蟲。現在她又喃喃自語，我以爲神經脆弱的她又看到了什麼可怕的東西，嚇糊塗了亂說話。見她不響，我又問她：「你剛才說什麼花瓶？」

「什麼花瓶，碎錦花瓶呀！」

「碎錦花瓶？」

「是呀，你想不到吧！他們叫的姑媽原來是碎錦花瓶。」小胖在校有「鳳姐兒」之稱，是個能幹而又口鋒舌利的姑娘，我覺得她此刻在文不對題的亂扯。

「小胖，你沒有發高燒吧？怎麼姑媽會是碎錦花瓶？」

小胖不答我的腔，說她的，「哦，我忘記告訴你，『小山東』請你寫封信給他的媽媽，他正等着你，快去吧，信紙信封我已拿去了，放在他床上。」她一邊說，一邊拉我起身，「我也要去替那隻「小騾子」（湖南籍的小兵）寫信給表妹。走，我們一塊去，你可見識一下……」她把話打住，拉着我就走。

有個鄉下女人在和「小山東」（一個山東籍的小兵，大概祇有十六、七歲）談話；還一面在替他縫上脫落的外衣扣子，「孩子，」我聽到她說：「昨天張奶奶給你帶來的鷄湯你喝了嗎？她看了你的照片，她好喜歡你呵！知道你傷得利害，需要補，她特地自己去菜場買了隻母鷄燕湯給你喝，昨天她帶了一碗來，留下的明天我會帶來……」

「謝謝你，也謝謝張奶奶，」小山東說，「他們給我喝了，我覺得今天好些。」

「阿彌陀佛！」那個鄉下女人說，看見我去了，她立卽走開，照管旁的傷兵去了。

「是老鄉還是親戚？」我不在意的說。

「是姑媽。」小山東平靜的說，「今天本來不輪她，車站有個兵傷得很重，她陪着來的。」

「姑媽？」我抬起頭來搜索那離去的人影，一件陳舊了的陰丹士林布藍旗袍穿在瘦小的身上，空空蕩蕩，好像在舊貨攤上買來的，一點不合身。清湯掛麵的短髮又像中學生的髮型。她在我沉思中，突然回過頭來，迎着我的目光微微的一笑，我怔住了！那滿臉的天花疤痕，密密麻麻的，似乎連針都插不下，臉色却是紅紅的，可是那雙眼睛，那唯一未被無情的天花侵犯過的眼睛裏發出的光芒却像冬天裏的陽光一樣，暖洋洋的。我覺得那張臉好像在那裏見過，可一時想不起來。

「現在，你知道爲什麼姑媽叫碎錦花瓶了吧！」回到做小棉花球的枱上，小胖對我說。「原來她就是我二哥的同事，而且同在一科，一個辦公室工作。去年暑假我回到南京渡假，常常看到她。二哥他們中央某部的同事背後都叫她『碎錦花瓶』。有時他們開我二哥玩笑：『你追不到女朋友，去追「碎錦花瓶」吧。』他們不是叫女職員做花瓶嗎？因爲她臉上有那個……就叫她『碎錦花瓶』，那些男人好壞。」

「眞缺德，他們也該拿鏡子照照自己呀！其實我覺得她的眼睛很美，她的目光溫暖柔和，像是春天的陽光……」說着，我突然想起來了，我曾在一次婦女界募捐勞軍的場合看到過她。那一天，她募款的成績最差，她好像氣哭了，有人悄悄說：「要讓有錢的人打開荷包，根本就不該派她去嘛。」「是她自告奮勇，毛遂自薦的呀！」另一個說，我當時還很替她難過，又不好說什麼。

「你知道，」小胖接下去說：「抗戰以前，她好可憐。所以，抗戰使很多無光無色的生命放光發熱，也使許多顧盼自豪的僞君子原形畢露。」小胖停了停，「據我二哥他們說，她不但不好看，工作能力也不突出，又猶太，又不會交際。」

「猶太倒不見得吧，她送給傷兵的禮物不是比我們送的多得多嗎？」我說。「也許她不喜歡交際應酬吧。」

「她一個知己朋友都沒有，別說男的，女朋友也沒有要好的。她住在中央某部的單身宿舍，自己做飯吃，吃得也很省。她的唯一伴侶就是乖乖，吃飯時，乖乖也坐在棹上，和她面對面，她吃一口，餵一口給乖乖吃。」小胖繼續說着。

「乖乖是她的什麼人？」我問。

「是隻小胖猫呀！」小胖回答說。

「小胖猫！」我抽了一口冷氣。

「所以呀，那些缺德的男同事看了，就把這件事當笑話講。現在好了，抗戰使她成了熱門人物。如果你看到那些投向她的又尊敬又感激的目光，眞恨不得自己也出一次天花呢。」鳳姐兒小胖又故態復萌，俏皮話總帶幾分刻薄。

「其實，『碎錦花瓶』這個名詞本身也不壞，」梅蕊，我的另一位同學，在校有探春之稱的說。「不過，我們應該給她一種新的銓譯，那就是集眞、美、善的大成於一身。」

「不過，上帝有時也不公平，既然給她如此美好的心靈，爲什麼不給她稍稍和諧的外貌呢？爲什麼讓她生那場病呢？」小胖又歪起頭來，發表議論了。

「趕快做我們的小棉花球吧，」梅蕊頂了小胖一句，「那是上帝存心要她僞裝來試探那些魔鬼的呀！我想上帝的特使最偉大的地方就是祇做事，不空談！」

小胖撇撇嘴，不響了。這就是我認識「碎錦花瓶」的經過。不久我因祖母和母親相繼病重，家裏函電交馳，我便離開了武漢。待我再度回來時，武漢情勢已經緊張，各機關已開始撤退，服務傷兵醫院的那班人馬也不知去向。我曾聽說碎錦花瓶有一次在車站服務，因空襲時沒有跑開受傷了，但不嚴重。那是一個工友說的，語焉不詳。那時大家都很忙，我也沒有細問。以後在重慶，我們也一直不曾遇到過她，我們都相信她到戰地服務去了。帶點神秘色彩的她最後留給我們的還是一個謎。

原載六十一年九月號綜合月刊

小山東

人生最大的快樂，也許就是受人倚仗，有作爲。

當年，（抗戰初期）在漢口傷兵醫院服務的那一羣臨時護士差不多都是些學生，是十幾、二十來歲的大孩子。她們覺得自己一直被人看成衹會消費的嬌嬌女兒，如今能夠參加艱苦的抗戰工作，貢獻一份力量，去照顧那些需要人照顧的傷兵，感到無限光榮。生活儘管艱苦，工作儘管繁忙，她們却是興高彩烈，笑口常開。做起事來也認眞賣力，像是一羣活潑淘氣的小麻雀，唧唧喳喳的滿院飛。所以，當「小山東」聽到這些護士小姐叫他「小弟」時，他非常生氣。

「甚麼小弟？誰是小弟？你們多大？」話是老氣橫秋，奈何他滿口童音，一臉稚氣。他也許是在一路上太辛苦，傷口又痛，情緒欠佳。那天剛住進醫院來的時候，就和這些護士小姐們鬧彆扭。

護士們笑了。她們覺得自己已很老練，很成熟了，那裏會服他呢？半逗他，半認眞地說：

「因爲你的年紀小嘛，難道我們叫你老大哥不成？」

「小，誰小？十七歲哪！而且，在前線，我一點也不輸給鬼子兵。不信，你們問班長。」

隔床的班長馬上答腔：「小姐們，你們一定想不到，這個小老弟一口氣殺死了三個鬼子兵，還打傷兩個呢？」

「唉呀，你一個人殺死三個鬼子兵，還打傷兩個呀，眞了不起！我們以後得叫你小英雄哪！」大家一齊翹起大姆指，算是心服口服了。

「那個叫我小英雄，我就不理他。」他依舊像個孩子似的瞎起嘴巴，鬧小少爺脾氣。可是，他接着說的話又像出自一個成熟的大男人之口：「英雄是出人頭地的風雲人物，我祇是一個普通的中國人，一個普通的中國大兵，爲什麼要冒充英雄？」

「你還不是英雄？一個人殺死三個鬼子兵，還刺傷他們兩個。你不是英雄，誰是英雄？」

「天哪，你們這些小姐！難道不知道鬼子兵殺死了我們千千萬萬的同胞！他們不但殺手無寸鐵，毫無抵抗力的善良百姓，還殘殺不會走路、不會說話的小囡囡、七老八十的老婆婆。唉！多少年輕可愛的女孩被他們糟蹋，逼死了！那一個有心有肝的中國人不想和他們拼個你死我活？我不過是千萬人中之一而已，算甚麼英雄？」他滿臉嚴肅，一下子好像長了十幾歲。

大家沉默了。這些話像是一陣風在每個人的心上掠過，把烙印在每個人心上的殘酷畫面一頁頁的翻開來，頁頁都是鮮血淋漓的！那些嘻嘻哈哈的淘氣面孔頓時嚴肅起來，心裏想小傢伙說得對，有朝一日自己碰上鬼子兵，也要和他拼個你死我活的。其實，細看起來，小山東雖然一臉稚氣，滿口童音，却是昂藏六尺，渾身是膽，是標準的大丈夫典型。

「你的話有道理，硬是了不起。」小胖陳茵打破沉默。

「你是那一省人？」

「山東。」

「哦，怪不得，你好高嘛，」小胖說，「山東原是出好漢的地方，地靈人傑，我們叫你『小山東』總可以吧？」

「別亂恭維吧，我最怕肉麻。」他頂小胖。

因爲還是頂着一個小字，他在開始對「小山東」這個名稱眞是不樂意接受。有點要理不理的。後來，醫院裏的山東人太多了，而他實在也是當中最小的一個。他對這些服務的女孩們，也奈何不得。

「她們的心眼兒儘管好，服務也週到，就是不肯記傷患們的名字。祇隨着高興，把他們之中傷勢嚴重，需要特別照顧，又多少知道一點他們的職務和戰績的，給他們取上神槍手、神炮手、智多星、小騾子（湖南小兵）、大劍客、大刀王、喇叭手……等外號。

小山東不相信自己的傷勢嚴重。硬是咬緊牙關說，他自己覺得他的傷沒什麼了不起，他會東山再起，重回戰地，和鬼子們拼去。他覺得躺在醫院裏好悶氣，祇有在前線才叫人痛快。

小山東有一雙明亮的大眼睛，在昏暗的黃昏裏，像兩盞小小的明燈，掛在黑黝黝的臉孔上，閃閃發亮。大眼睛裏不但沒有半點殺氣，也看不到英雄氣，祇是一片和善的稚氣。笑起來時，大眼睛變小了，不大濃的眉毛和兩邊的嘴角一齊揚起來，露出一排雪白整齊的牙齒。臉頰還若隱若顯的漾着兩個小窩兒，像個天眞無邪的小天使。誰會想到這麼一個三分稚氣、三分傻氣、渾身祥和之氣的大囡囡竟能殺死三個鬼子兵，還傷他兩個呢？有一次替他量完體溫，我忍不住問他：

「小山東，你的媽呢？」

那雙充滿稚氣的大眼睛裏的笑意頓時消逝了，濛濛的霧氣在眼裏飄浮着。「在山東老家，」他低沉沉的說。

「你的媽怎捨得你從軍呢？」

「她那裏知道，她大概還以爲我仍舊在南京呢！」

「你沒有告訴她？」

「沒有。」他說：「我怕她老人家躭心我，我寫好了幾十封信給她，請表姐每兩星期替我發出一封。她按時收到我的信，怎麼會想到我躺在這裏。」

「想不到你這樣細心，會體貼，她一定很喜歡你。」

「誰的媽不愛自己的兒子呢？何況我的媽祇有我一個兒子。」

我的心中黯然。我想起昨天他的主治醫師曾經說，他的傷勢很嚴重，要我們細心照顧。有一顆在他的胸肋骨間的子彈還沒有取出來，還要開刀。儘管小山東自己很樂觀，醫生却不像他那樣樂觀。醫生說，小山東看起來情況不壞，是因爲他的年紀輕，生命力旺盛，求生慾特強的緣故。我打起精神來說：「你可是個了不起的兒子。有你這樣一個兒子，可抵人家十個、八個兒子哩。」他笑了一下，「你們總喜歡替我戴高帽子。」

另一次，我去替他量體溫時，看見他躺在床上望着天花板發楞。我問他：「小山東，你在想甚麼？」

「想媽。」他看了我一眼，眼睛裏有點亮晶晶的，「我不知道媽近來怎麼樣了，也不知道表姐是否安全無恙，是否把我的信按時發出去？」

「我記得你說你是獨生子，你有姐姐、妹妹嗎？」

「有一個姐姐，已經結婚了。」

「爸爸呢？」

「我才四歲時他就陣亡了！」他說，頓了頓又接下去，「那時，他是廣東北伐軍的營長，他死了半年，媽媽和奶奶才知道。」

「哦！」

「媽媽的生活一直很寂寞。她是一個很本份的人，祇希望我好好讀書，將來教書或做生意，早點結婚，生幾個兒女讓她過幾年溫暖的家庭生活，她就心滿意足了。」

「你說過，你的媽一定以爲你還在南京，你原在南京做甚麼？」「在南京東方中學唸書嘛。媽媽怕奶奶把我寵壞了，託表姐把我帶到南京唸書的。」

「怎麼又從軍了呢？」

「時到今日，我不從軍怎麼活得下去呢？」他反問我，「我本來一直都想滿足媽媽的願望，讓他好好過幾年溫暖的家庭生活，可是日本兵一來，國都快亡了，到那裏去建立溫暖的家？什麼理想都破滅了。一個人到了生死關頭，總得死裏求生呀！……」

「當然。」我說。我怕醫生不高興，不敢讓他多說話。

「好好休息一下，別亂想，你會很快好起來的。你的媽媽知道她的兒子這樣有出息，不知多高興呢。」我安慰他說。我明知這些是空話，還是不得不說。離開他的床時，我的心裏一直想着他的話。這個世界上有多少傷心的母親？有多少破碎的家庭？

他的傷不如他自己希望的那麼進步。儘管情況已超過醫生們的想望，小山東仍顯得很煩燥。醫生又悄悄囑咐我們，如果小山東找着我們談話，不防讓他傾吐、傾吐，也許可以減輕一點他的心中悶氣，心情輕快一點可以幫助他減輕傷勢。

又一次，我去送藥給他吃，他又打開話匣子時，我就由着他了。

「上次我和你說，我不從軍就活不下去了，你記得嗎？」

「你是這麼說過，眞有這麼嚴重嗎？我倒想知道、知道。」

「你知道，那時平津一帶的流亡學生像潮水一樣湧到了南京，他們也像水一樣無孔不入，到處組織青年朋友參加抗戰工作，街頭話劇隊哪、歌唱隊哪、諜報隊哪……等等。他們發現我的歌喉不差，音色深沉，富有情感，容易引起人們的共鳴。我又會彈奏鋼琴和吉他，他們便要我加入歌唱隊，做個小領隊，到處奔走，教青年、婦女和孩子們唱抗戰歌，激起他們敵愾同仇的精神。後來我們活動的圈子越來越大，加入了一些韓國、臺灣和東北的青年朋友，我從他們口中，知道了好些國破家亡的悲慘故事，我就想從軍。」

「我覺得那些抗戰歌曲是越唱越不是味道，什麼『松花江』，儘是靡靡之音、亡國之音，女孩和小孩唱唱還可以，一個大男人唱它眞不像話。又譬如『大刀衝鋒吧』也祇能讓小姐們唱唱，什麼『大刀響，把鬼子們的頭砍去，全國武裝的弟兄們，抗戰的時期來到了，……衝呀，衝呀……殺！……』我想我爲什麼要喊叫別人去衝鋒，自己不去衝鋒呢？越想越不對勁。那時，我好像患了狂熱症一樣，白天吃不下飯，晚上不能安眠，心裏埋了一個炸彈，行坐不安，天天纏着表姐吵，我要從軍。」

「先喝點水，歇歇再說吧。我去給你倒水來。」我說。

「表姐是一個漂亮又嬌滴滴的女人，在一所中學教音樂。」喝了水，他的話匣子繼續響動着。

「我的音樂興趣也是她引發的。她本來住在學校的宿舍中，爲了照顧我，才在外面租房子，讓我住在她那裏。我從軍爲什麼一定要取得她的同意呢？因爲我要她的合作，希望她照顧我的家，爲我做點事情。她却硬是不點頭，說我年歲太輕哪、要把我的奶奶和媽急死哪、奶奶和媽將來要怪她哪、我又沒有受過軍訓哪……說來說去就是不答應。我把她鬧急了，她甚至怒目相覷說：『你再鬧，我就把你送進精神病院。你那是當兵的材料嘛！你有音樂才華，應該向音樂進軍才對。你以爲當兵就是救國哪，胡鬧！』我和她冷戰僵持了好一陣，後來也懶得糾纏她了，自己幹自己的。其實，她也管不了……」

「你的表姐現在還在南京嗎？」

「我也不知道。不知道她現在是活着……還是……」。他夢囈般說：「你知道事情後來有了急劇的變化，也可說戲劇性的變化。在南京吃緊的時候，表姐要我和她一同回山東老家。可是交通有了問題，沿途險阻。她祇好留下來。在南京危急的時候，我冒險把她送到金陵大學去躲避。南京陷敵後，我們這一夥人也很少退出南京，多數都轉入地下活動。有一次，我化了裝，趁天快黑的時候去看表姐。你知道我看到了什麼？看到一個鬼子兵正在大路旁糟踏一個五、六十歲的老婆婆，路旁還有一個十來歲的小女孩一絲不掛的死在那裏。當時好像有一股火由我的身上昇起，我一蹦，就騎到那個畜生的身上，雙手夾緊了他的脖子，死命一捏，他哼也沒來得及哼一聲就一命嗚呼了。」

「好可怕，那些鬼子眞是畜生。」

「比畜生還不如呢。你知道（這是小山東的口頭語），我經過的那條路很僻靜，我以爲會遇到鬼子兵襲擊，却沒有。沿途祇見好幾堆女人的衣褲和血跡，却不見人影和屍體，不知道他們把她們丢到那裏去了。我把經過情形告訴了表姐，她說，『還有更可怕的，這兒有一個外國人，親眼看到幾個鬼子兵輪流糟踏一個女人，她的孩子們在路旁哀哀的哭泣，鬼子兵竟把孩子們一個一個用槍尖挑着往水池裏丢。表弟呀，當兵去吧！』她近乎神經質地高聲說，完全不像她平日說話的聲調。」

他說：「表姐又說：『這是什麼樣的世界，什麼樣的人生呀！如果你有三長兩短，我還活着的話，我會照顧舅媽的，奉養她就像對我自己的媽一樣。』你知道，我就是需要表姐說這樣的話。我興奮的說：『表姐，你想通哪，那我就此辭行了，後會有期，你也珍重吧！』」

「你們就那樣分手？」我說。

「不，」小山東說，「你猜表姐的下文說甚麼？她說：『珍重？憑什麼來珍重？我也要做點事情，我不能違背自己的良知苟活下去，你等着瞧吧！』你瞧，十來天工夫，她就完全變了一個人。於是，我就在她那兒給奶奶和母親寫了幾十封的平安家信。表姐答應我無論在任何情況下，她都會按信上的日期一封封寄出去的。」

「小山東，你的故事好感動人。」我拭去臉上的淚水，笑笑說。

「可別哭，以後的故事準使你笑出眼淚來。」小山東頑皮的說。「我們一夥四個人都化裝成小販，晝伏暮出，向國軍所在地前進。有一晚，大概八點鐘左右，我們經過一條鄉村小道時，路邊一家小飯店突然冒出一個人影來，我們用強烈的手電筒燈光向他臉上照過去，這樣他看不清我們，我們可以看清他，原來是個老頭子。他向我們直搖手，又用手掩住自己的嘴吧，又指指路旁的小店。」

「他是叫我們別出聲，到店裏去看看。我們就悄悄走近他，看他到底玩什麼花樣。他把我們帶到小店後面，給我們每人一樣武器，斧頭、柴刀、菜刀、和扁擔。『那屋裏有幾個鬼子兵。已喝得酩酊大醉了。我在酒裏面加了點作料，你們幫我送那幾個畜牲去見閻王。』他平靜地輕輕說。當然，我們幾下子就把那幾個畜牲解決了。還幫着他把四具屍體埋在他的猪欄裏，上面蓋着好大的猪的食料盆，一點不着痕跡。他告訴我們，他原有好幾條大肥猪，全被鬼子們搶去吃了。我們四個人穿上那四個鬼子的衣服，每人有一支步槍，子彈帶上裝滿了子彈。逃到了國軍防守地時，還被老百姓當成鬼子兵，綁了去見團長！」

「好有趣。」

「我說你要笑嘛。」他用小鹿一般和善的目光看着我：「有趣的事還多呢，我們穿了鬼子兵的服裝，雖有許多方便，也很怕碰到他們的巡邏隊拆穿我們的西洋鏡。所以我們專門抄小路走，心想如果碰到兩三個鬼子，解決他們就是了。可是，偏偏到處碰到一些不怕死的小淘氣鬼，向我們扔石塊、爛泥和牛糞、狗糞。使我們防不勝防，弄得我們狼狽不堪，眞是臭氣薰天，見不得人哪！」

「哈哈！」隔床的班長也笑起來了，「我還不知這些趣事呢？」

「小山東，以後呢？怎麼不說了？」

「以後的事班長都知道。」

「你說給小姐們聽嘛。你殺死三個鬼子兵的故事不也很有趣嗎？」

「團長聽完了我們的故事，哈哈大笑。」小山東繼續說：「可是，他覺得我們沒有受過軍訓，不是衝鋒陷陣的材料，要我們做些文書工作。我們那裏肯依他。他拗不過我們，排長和班長又證明我們確實還不錯，膽量又大，他才要我們受了十來天的基本訓練，讓我們如願以償了。」

「你一個人怎麼一口氣殺了三個鬼子兵？說說看。」

「那也是碰巧，沒什麼希奇。」

「怎麼碰巧嘛？」

「……我們一排人去巡邏一個收復的陣地，追查敵蹤。回營後，發現少了一個人。和我一同由南京來的一個朋友沒有回營歸隊。於是我又出去找他。我在山谷山坡巡視了一遍，不見他的蹤影。我正準備轉回去，突然發現山脚邊有一個洞，洞口被一些荊棘遮擋着，有人踐踏過的跡象。我正想爬進洞裏去看看，發覺洞內有些響動，我馬上退到洞旁。剎時間，一個人頭由洞口伸出來，我屏息凝神的觀察着，待他爬出半截身體時，我鬆了一口氣，因爲我看到了我軍的制服，制服袖子上有一大塊汚跡，正是我們那個未曾歸隊的朋友在拂曉攻擊時弄髒的。我想嚇他一下，所以還是沒開腔。」

「他一轉身站起來時，我楞住了，馬上用槍柄把在他後腦上死命一擊，他應聲倒地，一動也不動了。因爲在他轉身時，我看到了他的臉孔，我才知道他是另外一個人，却穿了我的朋友的衣服。我還來不及細想發了什麼事情，第二個，第三個人頭又接連爬了出來，我當然依樣畫葫蘆——我不等人站起來，就先把他擊昏，而後一脚踢開去。後來，裏面的人大概發覺外面出了問題，有人由洞口向外放槍，原來被擊昏的三個人又開始轉動。我祇好以槍還槍，先把那三個鬼子打死再說，也希望我們的營部聽到槍聲來支援我。」

「這時洞內有兩個人衝了出來，一面放槍，一面亂跑，兩個鬼子湊巧都被我打傷了腿部，後來被我們聽到槍聲來查看的人活捉了。洞裏的鬼子大概不知道洞外有多少人，竟躲在裏面不敢出來。如果他們在那混亂的一刻一齊衝出來的話，我恐怕今天也不能在這兒說故事了。後來我們搜出裏面還有五個鬼子兵和我的朋友的屍體。他們躲在裏面，大概想挨到夜晚，再偷回他們自己的營地。他們是怎樣遇到我的朋友的，就不知道了。」

「欲聽後事如何，且聽下回分解。」我笑說：「先吃點水菓，你的乾奶奶昨天送來的梨子好極了，我給你削。」

「我的乾奶奶要把我寵壞了。」小山東笑笑說。吃了梨，他沉默了許久，像在想什麼。我再來給他量體溫時，他說：「你知道，我曾和我那個朋友有約，我們之中誰先被打死，後死的人一定得替他報仇。起碼一命抵一命，結果是三命抵一命，他如死而有知，也可以安心了。你知道，我本來是個虛架子，雖然個子高，在運動場上稱好漢，在家裏却是連鷄都不敢殺的，硬是下不了手。我的奶奶和媽媽不吃我們家裏自己養的鷄，我也吃不下。每次我們總是拿去送人。一見了鬼子兵，我就好像瘋了，蠻勁十足，天不怕、地不怕了。耳邊祇聽到女人和孩子們的哭喊聲：爲我復仇！爲我復仇！爲我復仇！這時，我的手脚靈活了，頭腦也更機靈了，想怎樣就怎樣，如有神助！小姐，你說是不是我的爸爸在暗中保佑我呢？」

「天地間如果眞有鬼神的話，我想所有天上的神和地下的英靈都會保佑你的。當然，你的爸爸是他們的總領隊。」我忍不住笑起來。「我希望我能把你的故事寫出來，發表在報章雜誌上。不過我一點沒有把握是不是寫得好。」

「你如果要寫，可千萬別寫我的眞名實姓，就寫小山東吧。我怕有家裏的熟人看到了，寫信告訴奶奶和媽媽，把我的西洋鏡拆穿了。奶奶和媽媽如知道我躺在這裏要急煞哪！」他很認眞的說，「千萬別給我亂吹牛，說什麼英雄之類的肉麻話。你知道這對我們民族是一種諷刺，如果一個老百姓殺了幾個鬼子就算英雄，那我們全國同胞難道都麻木不仁了嗎？事實上又完全相反，是不是？不過，讓大家知道鬼子兵沒什麼可怕，祇要我們一心一德，就會打倒他是好的，是不是？」說着，他突然向着門口笑起來，「唉喲，我的乾奶奶又拎了大包小包來啦！我怎麼承受得了。」

一個白髮盈頭，穿着考究的老婆婆扶着一個十多歲的小姑娘，正向小山東的床舖走過來。小姑娘手裏大包小包的，提了一大堆。

提起小山東的乾奶奶也是近來醫院裏的一件戲劇性的大新聞：有位由黃陂趕來的老婆婆，由她的孫女兒陪着來探望她的孫子；可是醫院傷兵名單中沒有他的孫子。她天天在醫院門口吵，說她的孫子原在大學裏讀書，學校放了假，他由家裏逃出從軍了。她曾收到孫子的信，說他已光榮的受了傷，會到後方醫院來治療。她還聲言要見蔣委員長，請委員長評評理，爲什麼醫院不讓她看看她的孫兒。醫院被她吵得沒辦法，祇好由護士小姐陪着她一個病房，一個病房去查看。

當她看到小山東時，硬說他就是她的孫子，把她帶來的食物一樣、一樣擺出來給他吃。她的孫女兒說：「奶奶你認錯哪，他不是哥哥嘛……。」她就罵孫女兒不懂事，說孫女兒不讓她開心，哥哥受了傷，她一點不同情，孫女兒祇好悶聲不響了。小山東却是不承認，也不否認，讓那雙枯乾的老手在他的臉上和頭上撫摸着。他祇傻傻的微笑，用無限親切的眼光看着這個天上掉下的奶奶。

老奶奶興奮了一陣，慢慢冷靜下來，握緊了小山東的手一句話不說，像一尊石膏像似的呆住了。這時，小山東輕輕地話：「我叫您老人家乾奶奶好不好？如果您不嫌棄的話，我眞想做你的乾孫子。我將來會好好孝敬您的。您願意嗎？」

已是老淚縱橫的老奶奶突然哭出聲來說：「我多想有你這樣一個乾孫子，好罷，我家小龍就祇單單的一個人，沒兄沒弟。他的娘死得早，是我的雙手把他撫養大的……。」她要孫女兒馬上把小山東的生日八字寫下來。小山東比她家的小龍小兩歲，她就叫他「老二」，還在漢口租了房子，和孫女兒一同住下來，爲的是照顧這個老二。她天天下午都來看老二。鷄湯、牛肉湯、排骨藕湯、水菓、蛋糕天天變花樣，應有盡有。小山東那裏吃得下那許多，幾個同病房的重傷者都沾了他的光。

小山東嚴肅的對我們說：「我自己也有奶奶，我懂得她的心。我怎麼忍心將一個老奶奶的夢幻一拳打碎呢！」小山東還要求我們大家對她的乾奶奶熱絡些，希望她能在人情的溫暖中慢慢恢復常態。

其實，在這以前，小山東自己也一直情緒不穩定、煩燥、不安，天天鬧着要醫生替他開刀，把胸肋骨的那顆子彈取出來，讓他重回前線。他總是說：「一個人要嘛痛痛快快的活，要嘛痛痛快快的死，這樣不死不活的躺着，我要悶死哪！醫生，替我快點開刀嘛，萬一我因此報銷了，算我活該，沒有人找你的麻煩的。」

他的燒一直沒有退盡，情緒不安，睡眠又不好。儘管他鬧，醫生做事却不能輕率，就一直拖着。他連中三彈，已開過一次刀，取出了兩顆子彈。另一顆因留在麻煩部位，一定要他的情況穩定下來才能再動手術。

自從天上掉下個疼他的奶奶來，奇蹟出現了。不知是營養增加了，還是精神受到了溫暖的母性慰藉，也許兩者都有，他的情況突然好轉。在醫生準備爲他開刀的頭兩天，他交給我一個小包包，要我代他以他的奶奶的名義送到捐款勞軍的單位去。我打開小包包一看，是一塊大大的金鎖片，上面還有龍鳳花紋和「長命富貴」四個字。「你怎麼有這個玩意兒，那裏來的呀？」我一時莫名其妙，問他。

「剛由我的脖子上取下來的嘛！」

「由你的脖上取下來的？你還不准人家叫你小弟，眞笑死人啊！」小胖在一旁大笑不已。

「有甚麼好笑，我在小時候多病，奶奶特地到金店去定製了這條金鎖項鍊，要牢牢地把我鎖在人間，免得閻王從她老人家手裏搶走。」小山東一本正經的說：「奶奶還把它放在廟裏的神前許了願，請菩薩們一齊幫忙，打走閻王爺和魔鬼們。我去南京唸書時，奶奶說，如果我不把這條金鎖鍊掛在脖子上，她死也不讓我出門去。我爲什麼要爲這些芝麻大的小事讓老奶奶生氣呢，當然遵辦嘛。我能活到今天，還不是奶奶贏了！」他幽默的說。

「說眞話，小山東，你還是留着掛在脖子上，免得你的奶奶將來生你的氣。」我退還給他說。

「不，」小山東說，「奶奶說，祇有救人家的命時，才能把它取下來。奶奶還說：『救人一命，勝造七級浮屠』她知道我送去勞軍，她會很高興的。打倒殺人的鬼子，不知要救出多少人命呢！」

我正遲疑不決時，小山東的乾奶奶又來了。她聽說她家的老二要把他親奶奶給他的金鎖片捐去作勞軍用，她連聲說：「好事！好事！我家的老二硬是要得。」她說，她也要捐出一百元大頭來。第二天，她眞的帶來一百個響叮噹、一絲兒雜音都沒有的袁大頭。她一隻隻的都敲給我聽過，算是驗收。可是，當晚我就接到家裏的急電，祖母病危，我得立刻回家。我祇有把小山東的金鎖片和他乾奶奶的那一百元袁大頭都交給了小胖，由她去辦。我也等不及看小山東開刀了。

在回家的路上，我就心祖母的病，也就心小山東這次胸腔的大手術。可是，抗戰期間令人緊張、着急的事情太多了，後來就也把漢口傷兵醫院的許多事情淡忘了。

許多年後，記不清是那一年，在重慶，有一天下午，當年曾和我一同在漢口傷兵醫院工作的小胖突然來看我，開口就說：「你猜，我今天在精神堡壘看到誰？」

「誰？」

「小山東呀，你還記得小山東嗎？漢口傷兵醫院的那個小兵，那個認乾奶奶的……」

「哦，對了，他還……你眞的看到他？」

「你以為他死哪！是不是？他才活得開心呢，現在可不像小孩哪，肩章上有三顆星星，好神氣。」

「唉呀，眞想不到，你們還彼此認得，倒不差。」「是他先招呼我的。他大聲叫護士小姐，我還以為他叫誰呢。他走近我說：『你不認識小山東哪！』我一看他的肩上有三顆星星，就說：『

你倒不差，又打了勝仗、升官哪！』他說：『三顆星星是上等兵。』可是他的同伴說，他最近昇了團長。你說，想不到吧！」小胖很興奮的說。「他雖然做了團長，說話還是十分孩子氣，他說：『護士小姐，你想不到我還活到現在吧。好幾次閻王爺都找上我的大門，每次都被我打倒了！你知道，閻王爺也是小勢利鬼，和鬼子兵一樣，你越怕他，他越欺負你，你如果比他狠，他就溜之大吉。』你知道，他那次開刀好危險，眞差點見閻王哪，把他的乾奶奶和乾妹妹都累瘦了。」

「是的，我想起來，醫生說他的情況不樂觀。不過，他開刀時，我已回湖南了。」

「我告訴他說你也在重慶，並約好今晚六時，我和你請他在小十字山西館子吃刀削麵和餃子，賀他升官打勝仗，尤其是打敗了閻王爺。我把你的電話告訴他了，等會我們一塊去好嗎？」小胖像放連珠炮似的，一口氣把話說完。

下午五點鐘左右，我接到小山東的電話，說他剛才奉到命令，要馬上到昆明去，轉赴緬甸，沒法來吃餃子了。他還說：「我們在南京再見吧，到時候，我做東，我請你們到碑亭巷曲園吃辣子鷄，好不好？」

我和小胖都有點悵然若失之感。我們很想知道他個人和他那乾奶奶離開漢口後的情形。從此，我再也沒有聽到小山東的任何消息。我想，如果他活着，以他的個性，他一定是過他自己喜歡的生活，不會委曲求全，苟且偷生的。

原載六十一年十月號綜合月刊

托鉢記

故事

每當我在臺北街頭看到那些小學生們手執小旗，攔街一擋，阻止車輛通行，好讓他們的同學們列隊越過馬路時，我的心裏總有一種說不出的感覺。一些在我生活中消逝了的往事也隨着那些小旗擋了回來。

我曾清清楚楚的看到自己打着兩條長長的辮子，和幾個穿着淺藍自由布上衣、黑色短裙學生制服的女孩子站在漢口市的街道中央，揮動著小旗，阻擋前行的小轎車，要坐在車裏的人捐出錢來慰勞抗日將士。坐在車裏的人常常是身上一文不名，客氣的向司機借幾文捐出來。雙手一攤，聳聳肩交白卷的人也不少（洋行買辦之流）。儘管我們累得頭昏腦脹，成績却不理想。

我們也曾在上午去敲漢口那些高級住宅區的大門，無奈那些豪華住宅中的女主人還躺在軟軟的彈簧床上做好夢；下午去時，她們不是去美容店理髮整容，就是打牌應酬去了。抗戰對她們好像沒有什麼大影響。感嘆之餘，我們只好拿聖經上的話來安慰自己。聖經上說：「有錢人想進天國，比象要穿過針孔還難」。當然囉，要有錢的人打開荷包，又談何容易。

不過，也有不少使我們大喜過望，感動得熱淚盈盈的故事。記得在重慶時，有一次我帶了勞軍捐款簿去見當時國際問題研究所主任王芃生，他是我的表舅，也是我的募捐對象之一。他一見到我就說：「先聽完我的故事，你再開口吧！」不等我答腔，他就興趣盎然的開始說他的故事：我們故鄉有一個古廟，某日，有個青年在廟裏借宿，聽說廟中時常鬧鬼，他就端坐在藏經的樓上，口唸金剛經不止，免得鬼怪來侵擾。夜半，當他睡意朦朧之際，突聞脚聲由遠而近，他倏地一驚，抬起頭來，一個青臉撩牙，長髮披肩的大漢正推門而入，「惡鬼來了！」他想。想叫，却叫不出聲來。於是順手將金剛經向惡鬼迎頭擲去，惡鬼果然應聲而逃。他正自慶幸間，想不到那惡鬼又轉了回來，拾起地上的金剛經莞爾而笑說：「原來是這玩意，我還以為是化緣簿子呢！」

進不了天國的人們

表舅說完故事，自己哈哈大笑說：「你知道，見了化緣簿子，惡鬼都怕。你一個女孩子年紀輕輕的，多少事好做，為什麼偏要沿門托鉢呢？」

被他幽默了，我只好笑笑說：「表舅，那個惡鬼恐怕是個大富翁吧！如果你現在有空，也聽聽我的托鉢故事好嗎？」

結果，我的故事使得胖表舅的故事大爲減色。他還被感動得熱淚盈眶，像個孩子似的一面揩眼淚，一面很慷慨的解開了他那並不充實的荷包。

我告訴表舅：開始時，我們總認爲要捐到較多的錢來支援前線浴血奮戰的將士，一定要向有錢的人開口。於是我們才想出了攔阻轎車和硬敲豪華巨宅的大門等花招兒。結果是大失所望，只好用聖經上的警語來安慰自己。後來我們改變戰略，將目標轉向一般民衆，情勢改變了，使我們倍增信心。我們站在娛樂場所的門口，向出入的觀衆進言；我們在漢口市中山公園向往來的遊客開口；慷慨解囊的也多是那些衣履平常的小市民以及青年、婦女和孩子們。那些可愛的小學生們哭着，鬧着，硬逼着家裏的長輩把錢捐出來。「老師說的，不擁護政府抗戰，我們只有做亡國奴。」他們哭鬧着說，「老師說的，有錢出錢，有力出力。」還在一旁吵着媽媽和奶奶多加錢。有一個老太太帶的錢不多，把一隻重重的鐲子硬脫下來給了我們，還雙手合十的祝禱著：「阿彌陀佛，保佑前線的將士打勝仗，普渡衆生，脫離苦海！」

一般衣着考究，顧盼自豪之輩則大都很猶太，分文計較。有許多次，那些馬車夫（那時漢口還有馬車）和黃包車夫知道我們忙着爲捐款支援抗戰時，硬是不收我們所付的車資，要把它捐獻出來。最使人難忘的是幾個可憐的女人的驚人之擧，眞使我們却之不恭，受之又不忍。

糯米湯糰

「可憐的女人？」表舅非常敏感，「我倒想聽聽可憐的女人的驚人之擧，你先說她們的芳名吧。」

「我根本不知道她們的名字。」我說，「當中有一個我們叫她糯米湯糰，又叫她彌勒佛的大小姐，還叫她歡喜糰。其他幾個……該說是路柳牆花吧，她們自己也不願意留下芳名。」

「糯米湯糰，路柳牆花，聽起來很有趣，」表舅笑笑說，「好，那末你就先說什麼糯米湯糰吧。」

「顧名思義，」我開始我的故事，「糯米湯糰是甜蜜蜜、軟綿綿、矮胖胖、圓滾滾的。說她是一個『可憐的女人』並不太恰當，因爲她整天笑眯眯，好像比誰都快樂。從正面看，她很像我們見到的陶磁彌勒佛像，滿月一般的面孔笑開來像是盛開的喇叭花，所以我們又叫她彌勒佛的大小姐。她的短短的直頭髮蓋過後腦，一身土布的短衣袴不是藍就是灰黑色的。短掛的下襬罩過大大的臀部，下襬下伸出一雙短短的小胖腿，寬而短的脚板踏在青布面的布底鞋裏，走起路來一步一拐，好像她肩上的負荷特別重。從後面看，她又活像一隻小母鴨，特別是當她走路的時候。不過人們從來沒有叫過她小母鴨。小母鴨只活在人們的心裏。」

「重轟炸機的隆隆聲和醫院裏傷患痛苦的呻吟聲都不能抹去她的臉上的笑容。面對她，好像面對一個天眞無邪的小孩兒，你自己也會在不知不覺間忘掉了一切的憂傷和恐懼。所以，我們又叫她『歡喜糰』。那是抗戰初期。我們在漢口重傷醫院工作，也常去武昌車站替過站的傷兵服務。在那些服務的女性中，只有她是文盲，其他都是在大、中學校唸書的女孩子，另外有三兩個女教員和女公務員。她不識字，又沒有受過護士訓練，所以她專門做那些知識婦女們做不好的粗活兒，替傷兵換換洗洗，縫縫補補，收拾打掃和做各種雜務。那些女孩子忙不過來或對付不了的事情，也都叫她臨時幫忙。」

「『糯米湯糰，快來幫幫忙好嗎？』『彌勒佛的大小姐呀，來一下。』『歡喜糰，快來替這個兄弟的內衣縫幾針罷。』嬌滴滴的聲音從不同的角落發出來，大家都好像自己少了一隻手，要她來補上。而她呢，不管你是張三、李四或王五，也不管你叫她什麼，只要聽到叫喚聲，她總是歪起頭來東張西望，眼睛照樣笑眯眯，口裏應着，『來哪，是叫我嗎？』『馬上來哪，別急嘛。』」

「有時候，這些女孩子問她：『糯米湯糰，你剛才聽到鬼子的重轟炸機的聲音沒有？好怕人喲。』『有什麼可怕？』她照樣歪起頭來笑着，露出一排雪白整齊的牙齒，『自己心裏有數，什麼都不怕。』她好像比誰都篤定、無憂無懼。」

「那時，我們這一羣女孩子都有點粗心大意，人人都有遺落東西的毛病。手帕哪、傘哪、小錢包哪、手錶哪、鋼筆哪，湊巧總是被她檢到。不管它值錢不值錢，她都把它整理得好好的，一樣一樣還給我們。我們在無形中對她都有幾分依賴性，無論遇到什麼事，都覺得她會替我們收拾殘局。大家口裏不說，心裏都有這種想法，而且覺得她有責任替我們收拾殘局。大家都很喜歡她，總和她說說笑笑的，覺得醫院裏這位女工『硬是要得』。有一天，她突出奇兵，使我們大吃一驚，大家對她有了更大的興趣。我們發現她在這兒工作，原來是個毫無報酬的志願兵，也發現了這個平凡的女人的辛酸和偉大。」

我一口氣說到這裏，不自覺地楞住了。因爲那叮叮噹噹的響聲又像由我的耳邊直響到我的心上。差不多每次向人勸募的時候，我都有這種感覺。「表舅，」我說，「糯米湯糰的故事正是我們托鉢托出來的呀。所以每次托鉢的時候，我便不由自主地想起她來。」

「你們托鉢托出來的？」表舅說，「這話怎講？」

「——事情是這樣的：那天糯米湯糰提了一籃水菓，照樣春風滿面以小母鴨的步調向我們走過來說：『小姐們，你們不是在捐款爲前線將士趕製冬衣嗎？』」

「『不錯，』我一面做小棉花球，一面漫不經心的說，『昨天我們都募捐去了，你一定忙壞了。』『沒有甚麼。』她說，『這裏有一點錢，請你們點一點收下來，多做幾件戰士的冬衣，一定要讓他們穿得暖暖的。』」

「『可是，我的捐款和捐册昨天都交回去了。今天不能收款了。』『那就麻煩你再跑一趟，給我補送去好不好？昨天你們都沒來，錢不知往那裏送嘛！』她站着不動，堅持地說，『葉小姐，你聽到沒有？難道你們不躭心前線的棉衣不夠分配？天冷哪，多一件冬衣，就少一個弟兄挨凍。』」

「『歡喜糰好會說話嘛，』小胖說，『我的捐册沒有送出去。昨天送去時，他們已經下班了。我正準備下午送去呢，多少錢？』」

「『三百六十塊光洋，只有這一點，』她帶點膽怯。」

「『三百六十塊光洋？』我們一齊抬起頭來，『那個捐的？幾個人捐的？還是一個人捐的？』三百六十塊光洋不是一個小數目。在當時，大家都用法幣，有銀元的人也都把它當寶貝保留起來，怕法幣貶値。如今她一口氣就捐出三百六十塊光洋，怎不令人吃驚呢？所以一齊問她，『誰捐的？』」

「『就寫我家的小狗子捐的罷。』」

「『你家的小狗子？』小胖說，『他是你的什麼人？』」

「『我的兒子呀，他叫王大成。請寫王大成捐的。』」

「『你的兒子？』大家又一齊瞪大了眼睛望着她，『你有兒子？』因爲她有一種羞怯怯的神情，十分的女兒味，她看起來有廿八、九歲光景，可沒有半點婦人氣，我們一直把她看成一個大姑娘呢。小胖口快，瞪着她說：『阿彌陀佛，彌勒佛的大小姐呀，我們還以爲你是個大閨女呢！』」

「『隨你們小姐怎麼去想吧。』說着，她連臉帶脖子都紅了，像個害羞的小姑娘，低着頭把籃子裏的水菓全部拿出來，原來水菓下面全是袁大頭。她用皮紙一條條地包着，一共包成四條。她又將它一條條的拆開來說：『請你們數一數、查一查，看數目對不對，有沒有假的。這些錢都是我一毛一毛存起來的。前後有十年哪，才湊成這個數目。原來打算給小狗子結婚用的。現在小狗子從軍了，要勝利了才讓他結婚。這些錢就算是小狗子送給弟兄們的禮物罷。他是空軍，吃得好也穿得暖暖的，什麼都不欠缺。這些錢留在我的身邊，我反而要爲它躭心受累，東放西放，不知放到那裏才安全。這樣正好了却我的一番心願。小姐們，請替我查點一下。』說着，她將那堆雪白閃亮的袁大頭向我們面前一堆，『麻煩你們了，』銀洋碰銀洋，發出一陣叮叮噹噹的響聲。」

「望着那張和善的面孔，那一套舊兮兮的土布衣袴和大脚板下那雙自己做的布鞋，我突然感到一陣震動。突然覺得那些銀元都是有生命的，有血，有汗，也有她的微笑和眼淚，個個都會說話，會說出她的辛酸史。那叮叮噹噹的響聲正是她的命運交響曲，它由我的耳邊一直響到我的心上，震得我的心酸酸的。一個沒有受過教育的窮苦女人希望自己的國家打勝仗，不惜將她十年，也可以說是一生的血汗的結晶，後半生生活的憑藉拿出來孤注一擲，這是一種多麼高尚的品格！我由震動中定了定神說：『糯米湯糰，說老實話，爲前線將士做寒衣，政府已有準備，各界也在熱烈捐獻。並不缺少你這三百六十塊錢。這個數目對你來說，是你十年辛勞的代價。現在是動亂的時候，你需要它。對政府來說，這個數目是微不足道的。你從這當中拿出兩塊錢捐出來就了不起了，其餘的還是你自己留着吧？』」

「『我現在只希望把鬼子趕走，好回南京。前線將士如果穿不暖，怎能打勝仗。』她很嚴肅的說，『如果每個人都等別人拿出錢來，等政府去想辦法，等來等去，日本人要打到眼前來哪！國家是我們大家的，大家的事大家來嘛。』這一回，輪到我面紅耳赤了，我一時竟答不出話來。『這樣吧，』小胖馬上打圓場，『你捐五十塊袁大頭好了。我替你送去，多了我就不收，儘管你會演說。』小胖喜歡和她開玩笑，這一下把她惹惱了。

「『你說我演說？』我第一次看到笑容從她臉上失蹤了，『你們這些小姐爲什麼這樣看不起我？怕我餓死嗎？』她又氣憤憤地補充說：『我有一雙手呀，餓不死的！』她又將那堆銀洋一推，『我交給你們了，我不管，大概也少不了，假不了！』說完，她快步的走了，頭也不回，只有那銀元叮噹叮噹的響聲留在我們的身邊迴響。表舅，我現在和你說這話的時候，似乎聽到那叮噹噹的響聲呢！」

我說到這裏，表舅說：「你的故事聽起來很動人，不過有漏洞，該不是你杜撰的罷？你想想，一個廿八、九歲的媽媽怎麼會有一個做空軍的兒子呢？一個空軍至少也有十八、九歲吧，難道她在八、九歲就生孩子？」

「這正強調了這故事的傳奇性和悲劇性呀，」我說，「我的故事還有下文呢。」於是，我再說下去——

「糯米湯糰被氣走了後，我們就點數她留下的銀洋，恰好醫院的護理長李小姐走了來，看見這一堆銀洋她詫異說：『小姐們，那來這麼多袁大頭呀？』」

「『是糯米湯糰給前線將士做寒衣的，有三百六十塊光洋呢，我們不肯收下這許多，她一氣就走了。醫院的這個女工友可眞是個了不起的愛國者哩，』我們說。」

「『什麼糯糰？』她瞪大了眼睛說，『你們是指小王媽，那個矮矮胖胖的女工嗎？她可不是醫院僱用的女工，是她自動來服務的，醫院沒給她一個錢，她連飯都不吃院方的，和你們一樣，自己帶饅頭來吃。』」

「『我們還一直以爲她是醫院的女工呢，使喚她做這做那的，她做起事來乾淨俐落，像是老手。』」

「『她不但是老手，還是萬能手呢，』護理長笑笑說。『她是中央某部管理宿舍的女工，機關由南京遷到武漢，許多職員都遣散了。她的工作成績好，又什麼事都會做，被總務科留下來。她聽我說起院方人手不夠，就自己向工作單位說明，要抽一部分時間來醫院服務。現在她每天清晨起來，就像打仗似的忙着把自己份內的工作趕好，十點鐘一響，她就帶着饅頭來醫院了。』」

「『原來是這樣，』我說，『她現在又把她的全部積蓄捐出來，使我好爲難，我怎麼忍心把她十年的血汗一起收下呢？請你勸勸她，要她自己留下一部分罷。』」

「『我想你們還是收下來，』護理長說，『她和我住在一個村子裏，我知道她，她的自尊心很強，你們不收她的錢，她會很難過。你們也不必爲她躭心。她有一雙萬能的手，什麼艱難困苦都對付得了。她三歲就死了母親，家裏窮，練習了做各種家務事和田裏的粗活兒。十六歲的時候，她的後母和父親要她和她的那個未婚夫的靈牌結婚，來到王家。她十八歲那年，王家的婆婆替她領養了一個九歲的兒子。爲了養活寡居的婆婆、兒子和她自己，她每天種田，種菜，樁米，挑水，縫補三人的衣褲，做全家的鞋子，洗衣燒飯，所有家庭生活中需要做的事情，無分輕重，她都一肩挑起來，還讓兒子進學校，婆婆衣食無缺。一個四壁蕭條的家也居然理得井井有條。後來婆婆死了，我看她孤苦伶仃，把她介紹到某部工作，一幌十年過去哪。她的人緣不錯，只要那個機關存在一天，她的生活就不會有問題。就是機關沒有了，她到任何地方都餓不死。』」

「『好可憐，又好偉大呵！』小胖說，『這個世界簡直一直在逗她嘛。給她一個丈夫，却是一個死人的牌位。硬派她去做人家的媳婦和人家的媽媽，要她做牛做馬去做侍老撫孤的工作。實際上她還是個大姑娘，還要把做兒子，丈夫和爸爸的職責一齊壓在她的肩膀上，好不公平呀！』」

「『她對這個世界倒是無怨尤的呢，』護理長說，『她和婆婆、兒子的感情都很好。兒子高中畢業後，她原來還計劃要他讀大學。中日戰爭情況日趨緊張的時候，她改變了初衷，送他進空軍官校。她好像天生是專爲人服務的。本來婆婆死了，兒子高中畢業，她很可以讓兒子工作，自己過幾年輕鬆一點的生活。她却要他讀大學。國家有難，她又要他去從軍報國。現在機關給她的薪水打了折扣，工作也不多，她不去找有錢的兼差，却來爲傷兵服務，她下班回去，晚上還忙着爲傷了脚的傷兵趕做布底鞋哩。好像她自己是鐵打的，她從來不爲自己打算。她整天笑眯眯的，比誰都開心。』」

「這簡直是聖女嘛！」表舅說，「她有宗教信仰嗎？」

「這，我就不知道了，沒有聽她說起。」我說，「她整天忙得團團轉，沒有時間說這些。不過，看起來她總是一個做粗活的人，我想她也不會說宗教哲學那一類的深妙的道理。表舅，我現在又得言歸正傳了，我的故事講完了，你肯打開荷包嗎？」

「當然，當然，」表舅笑起來，「我是想進天國的，希望不要和大象穿針孔一樣難。」他打開了皮夾子，而且出手比以往任何一次都漂亮。他把皮夾中的錢都捐出來後說，「現在我的荷包也空了，離天國也不遠了。還有什麼使你們空留悵惘的路柳牆花的故事呢？」

「您還有興趣聽嗎？」

「當然，我將來寫抗戰回憶的時候，也許還要借重你的美麗的故事來充實內容呢，」表舅當時一本正經的說。可是，勝利返都後，他竟沒來得及寫抗戰回憶就魂歸天國了。人事滄桑，眞是不堪回首。

「您準備寫抗戰回憶呀，也許我還有更珍貴的資料供給您呢。不過，您不會又以爲是我杜撰的罷，」我回答表舅說。我那時在想，他也許需要知道一點青年們的活動。不過，我馬上又把話轉到正題上說下去——

鶯鶯燕燕

「說到路柳牆花，也是那一次擴大勸募將士寒衣運動引出來的故事。因爲那一次的徵募運動規模很大，以捲地毯的方式進行，分區，分隊，分組。三人一小組。我們那個小組活動的範圍包括漢口的『寶斗里』在內。」

「寶斗里是個神秘地區，我不但沒有去過，聽也沒有聽說過。我們一走進去，就感到那兒的氣氛有點特殊。每戶門口都掛了一盞門燈，有的是宮燈式的長方型，有的是楕圓型，型式不一。門燈還寫着香艷的字句，配了花飾。有些門戶半掩，有些門戶緊閉。那時，大概是上午十時左右，好些門燈還亮着，整個里弄還沉浸在一種半睡半醒的狀態中。沒有孩子的哭笑聲，也沒有喧嚷的人聲。殘花賸酒的氣味從半掩的門戶中洩出來，給人一種嬾嬾散散、矇矇欲睡的感覺。」

「出人意外的是，倒沒有一戶給我們吃閉門羹，有的還張揚着倒茶，拿出瓜子來招待。戶內風光也是各有天地，有的紅紅綠綠，令人頭昏目眩；有的也設有山石盆景、魚缸和鳥籠，以點綴風雅；還有些鶯鶯燕燕才起床不久，好些人還脂粉未施，衣領未扣，披散着長頭髮，拖着綉花拖鞋，慵嬾不勝地斜倚在沙發上抽煙，飲茶，嗑瓜子兒。還有的在喝藕湯、鷄湯。脂粉氣、香頭油氣、花露水、香肥皂氣和煙酒氣到處瀰漫。」

「開始，她們看見我們這些不速之客光臨，顯得有點驚慌失措，各自悄悄的溜開去。後來知道了我們的來意，又圍攏來問東問西，打聽前方的戰況。她們也毫不掩飾的告訴我們，她們有一些恩客也都在前線打鬼子。多數人都不待我們費唇舌，自動打開荷包，或多或少捐一點。『雪艷紅』、『柳小鶯』、『田甜甜』、『李蜜蜜』等種種香艷的名字一齊出現在捐册上。」

「有一個小小的妞兒說：『如果他們知道我們也捐衣慰勞他們，他們該多開心。』另一個三十來歲的女人却是一臉的落寞神情，翹起大腿坐在沙發上，一口一口的吐着煙圈兒。看見她們的媽媽轉身進去了，她就急急忙忙的解開衣扣，把一條重重的鷄心金項鍊由脖子上取下交給我們說：『這就算是我對前線將士燒的一柱香吧，希望他們打勝仗。』聽到她們的媽媽的脚步聲響回來，她又急急忙忙由我的手中拿過那串項鍊，向我們的化緣口袋裏一塞。提高了嗓門說：『按理嘛，爲前線將士做寒衣是每個人都應該出錢的，可是我現在手邊沒有錢，』她說着，又側轉頭迎着她那個媽說：『媽媽，您說我們每人捐多少呢？您是一家之主，您領個頭吧，我們跟着你來。』」

「那個媽媽已打扮得整整齊齊，一身藍色軟緞短衣袴，閃閃發光，一點摺皺都沒有，顯得又精明又俐落，腦後的巴巴頭上還插了一枚碧玉釵，大顆珍珠型的金耳環和同一型的金扭扣，兩隻眼角向上斜吊，兩道目光像兩把刀子似的向她投過來，一句話也不說。見我們大家瞪着她看，她又馬上收歛了刀鋒，爆出一臉笑，打着哈哈說：『小姐們辛苦哪，先飲飲茶吧。』她在衣服口袋裏掏出幾張法幣，像向菩薩上香似的，雙手捧過來，『這些錢是表示我對前方將士的一點敬意。』」

「『媽媽，』那個捐出金鍊的女人又來纏她，我現在身邊沒有錢，你先借幾文給我好不好？』」她的媽媽的那兩把鋒利的刀子（兇狠的目光）又閃閃發光地向她逼過去，好像要把她一劈兩半，眞使人不寒而慄。那捐金鍊的女人把翹起的大腿搖了搖，繼續吐着煙圈兒。『十年前她也該是這兒一朵嬌艷的名花吧。』我心裏想。爲了要把她的名字記在捐册上，我問她，『你叫什麼名字？』她打着唱流行歌的腔調說：『我是有名的無名氏呀！』她一面說，一面站起來向裏走，神經兮兮地。

「這簡直是小說的題材嘛，」表舅說。

「還有呢，」我又說下去——

「我發覺青樓也如舞臺，什麼角色都有。在另一戶，我們一進門，就看到被鎖在朱紅架子上的鸚哥兒在牙牙學語，養在玻璃箱裏的小金魚在載沉載浮，盆景裏的花石也在強顏歡笑，這些景物陪襯着一個穿着一襲紫紅緞拖地長晨衣的可人兒。那時，她正靠在沙發上看報紙，她的身旁的小几上有一杯熱騰騰的龍井茶，一隻紅色的小木盤裏盛有松子、橄欖和她吃剩的橄欖核。看到我們進去時，她從報紙上抬起頭來，那雙閃亮發光的大眼睛像兩道探照燈似的向我們照射過來，發出了問號。好一個芙蓉如面柳如眉的俏姑娘，正如詩人李白所形容的。我心裏說。」

「『六姑娘，』那個在門口迎着我們的中年婦人——大概就是這一戶的所謂媽媽吧，一臉笑的趕過來說：『這位小姐是來爲前線將士募寒衣的。』她嫣然一笑，露出雪亮的牙齒，『歡迎、歡迎』，隨卽腰兒一扭，欵欵有致地站了起來，身長玉立有如楊柳迎風，意態飄飄然。那雙長串翡翠耳環在她的肩上搖蕩著，好像爲她的輕盈擊節鼓掌。接着，她又鶯聲嚦嚦地說：『媽媽，國家興亡，人人有責，我們每個人都要向前線將士表示敬意。』果然不同凡響，我心裏想。『我的那一份就請您先墊付一下，您捐多少，女兒也寫一樣的數目。』她又招呼我們坐下，喝茶。」

「她那穿著一色墨綠錦緞衣袴的胖媽媽疊聲應和着，『是哪，是哪，好嘛，好嘛。』逢迎的笑和逢迎的話更陪襯出可人兒的氣勢。那個胖女人在衣服口袋裏摸出了一個紅紙包兒，在可人兒面前幌了一下，『這還是你昨天交給我的，就算我們娘兒倆獻給前線將士的禮物吧！』可人兒點頭笑笑，算是同意了。打開紅紙包兒一看，我們才發現這娘兒倆也是從猶太來的。」

「『媽媽，你也把話兒傳給她們吧。』她調度的功夫很到家。媽媽果然應聲向裏轉，那一刹那，我滿以爲她也會像隔壁那個遲暮美人一樣，掏出私產來捐獻。可是，她却只向我們獻茶，敬煙，說些客套的空話兒。媽媽帶出來四、五個全身閃亮，紅紅綠綠的鶯鶯燕燕，她們照樣東問西問，問我們一些前方的戰況。那可人兒又淡淡一笑，打斷了大家的話柄，『日本人如果打來了，大家的日子都過不去哪！』」

「『你捐了多少？』她們問她。『我和媽媽的數目一樣。』她頗懂外交詞令，不肯說出那個羞人的數目。她繼續擺着姿式，像是一隻開屏的孔雀兒，使得其他幾隻燕瘦環肥也各有風韻的鳥兒都暗淡無光。可是，她們並不輸給她，每個人都自己拿起筆來在捐册上一揮，好像使出了她們全身的氣力。」

「『如今，也用不着再補日文，說日本話哪。』其中一隻鳥兒說，又把捐册拿在手上一幌：『我們只能敬陪末座哪。』我們的組長把捐册接過來一看，說：『你們幾位眞慷慨，說到做到。

你們還有人補日文嗎？』『你是說那一年的事哪？』那個胖媽一扭身，轉向剛才那隻多嘴的小鳥兒，眼睛裏露出了鋒芒。又轉身向我們解釋說：『戰前嘛，有的姑娘聰明，喜歡學各種語言。』可人兒柳腰一閃擺，擺出了送客的姿態，『你們幾位眞是爲國辛勞哪，怠慢了哪——。』」

烟花中的一朵小茉莉花兒

「我們走到大門外，聽到後面有人叫喚，是稚稚嫩嫩的童音：『小姐們，慢一點走，你們丟了東西哪！』我回過頭去，一個十四、五歲的小孩，纖纖弱弱的，像一片淡淡的雲兒由戶內飄出來，手裏拎了一條粉紅色的手絹在空中揚着，『你們掉了東西了。』」

「我們都沒有這樣的手帕。正要告訴她這不是我們的，她已飄到我們跟前，怯怯慌慌的，像是一隻受驚的小鳥，『我也捐一點。』她說。她由懷裏掏出一隻小小的手飾袋兒，『這裏的東西都是人家送我的，我不喜歡戴金戴玉的，捐給你們去賣了做寒衣。』」

「你叫甚麼？」我們問她。「我不知道，人家叫我什麼，我就是什麼。」她怯怯的說，兩隻大眼睛像兩顆大星星，在這昏暗的黑弄裏閃閃發亮。她沒有戴閃亮的手飾，也沒有穿耀眼的衣服，素素淨淨的，很像一株小小的茉莉花在風中微微戰慄，還散放出淡淡的幽香。」

「小妞妞哪！」屋裏有人高聲叫喚。我問「是叫你嗎？」她點點頭說：「你們住在那裏，我來看你們好嗎？」我馬上把住址寫給她。「小妞妞哪，小妞妞哪！」她那媽媽由戶內伸出頭來了。『再見吧！』她淒然的笑笑說，『來哪，小姐們丢了東西呢。』」

「還有呢？」表舅說。

「那片淡淡的雲兒又由我們身邊飄開了。」

「還有呢？」

「沒有了。」

「沒有了？」表舅說，「她後來找過你們沒有？」

「以後？我第三天就回湖南了，因爲家裏來電『祖母病危』，以後的事我就不知道了。」我說。我剛走出表舅的大門，空中又傳來敵機來襲的警報聲。

風雨同舟記

在京滬戰事失利聲中，我的祖母棄養，不久母親也一病不起。我安葬二老後，奉祖父命回武漢轉重慶，替全家人撤退鋪路。

那時武漢已十分危急，昔日師友都不知去向，我無法買到船票。幸而認識了幾位留在危城工作的婦女領袖，便跟她們住在一起。我急着要去大後方，有一位陳女士便介紹我去見當時婦女指導委員會生活指導組組長黃佩蘭。黃女士問我願不願意擔任純義務性的工作，因爲當時有將近一千名紡紗廠的女工要疏散到大後方去，免得讓敵人利用。有兩批人已經走了，第三批即將起程。每批女工需要三人沿途照管，現在第三批還缺一司庫人員，如果我願擔任那個工作，公家會替我買房艙船票。另外兩人是一位受過軍訓的男士和一位季女士。他們兩個都是經驗豐富、非常能幹的。她又說，一到重慶，你們的責任就算終了，儘可自由行動。我初出茅蘆，不知天高地厚，覺得一切條件都正合我心，機會又難得，便欣然答應下來。

開船那天，碼頭上但見人頭鑽動，擠得水泄不通，哭的哭、喊的喊，家人親友分手，誰也不敢說這是生離，還是死別？陳女士和黃佩蘭也趕來送行，陳女士打個招呼就先走了。黃佩蘭交給我一本工人名册、一個集合用的口哨。統艙船票是不包括伙食的，伙食費要另外付。船方每十天結算一次伙食費，每次結算時，要吹口哨集合工人讓船方來點查人數。

黃女士又領我去看安排在統艙的工人。整個統艙都包了下來，還是擠得水泄不通，到處都是衣箱和舖蓋，使人寸步難移。那一片黑黝黝的人頭像蒼茫茫的森林一樣。我沒想到攢動的人頭中竟有禿禿的光頭，當卽問黃佩蘭：「這些大男人是那裏來的？」

「他們是女工的眷屬，多半是鐵工廠工人。政府准許她們帶着親屬同行，所以也有孩子，」她平靜地說。

我的心裏却不平靜了，一時不知要說什麼才好。

「還有一件事希望你注意，」她又補充說：「務使他們每一個人都安抵重慶，參加大後方的生產工作。」

我不懂這幾句話的含義，只覺得事情忽然複雜起來。自己對世事知道得不多，和她才見過幾次面，儘管心裏卜卜跳，我一句話也說不出來。只知道一件事：我現在毫無選擇的餘地了。那些男女老幼的人頭是像風車一樣在我面前直打轉，我趕緊拿出萬金油來，擦在額角、眉頭和人中上。

「我剛才說的話，請你千萬記住，」她又再三強調。「陳女士說你年紀雖小，却很能幹，我相信她的話。」說着，她欣慰地一笑。

我不懂陳女士爲什麼要在黃佩蘭面前替我亂吹。我現在才恍然大悟，我後來又多了個「領隊」頭銜，一定也是陳女士替我吹出來的。我曾向陳女士說：「領隊的責任太大了，我做不了，請妳告訴黃佩蘭，我毫無工作經驗。爲什麼不請那位男士或是季女士當領隊？她說過他們都很能幹，又有工作經驗。一定要請她另外派人擔任。我怕得很……」

「上面已經決定了，怎麼還能改？」陳女士的巾幗英雄氣概又來了。「小姐，現在是戰時呀，畏首畏尾怎能生存？而且你除此之外再也找不到去重慶的機會了。我在你這個年齡時就參加了北伐，頭上還頂着六、七個職銜呢。」

我當時無話可說。

面對着這亂糟糟的情況，我簡直不知從何着手。既膽怯，又茫然，我那不爭氣的眼淚奪眶而出。

「我們會活着再見面的，」黃佩蘭安慰我說。「她們笑妳是林黛玉，是嗎？」她笑笑又說：「不要哭，以後困難的日子還多着呢，我們要有勇氣面對現實。」

「這個我知道，」我說：「哀兵必勝，我們一定會勝利。」

「妳家裏還有什麼人？已有妥善的安排嗎？他們也到大後方去嗎？」

她祇是隨便說說，隨便問問，却刺到了我的痛處。幾個月前，我在傷兵醫院服務，覺得自己還能爲國家做點事情，不免沾沾自喜。回家以後，看到祖母和母親病得奄奄一息，又愧疚自己沒能早日返鄉、親侍湯藥。傷兵醫院是不少我一個人的，祖母和母親却是多麼需要我呵！好像祇是一眨眼的時間，祖母和母親都撒手西歸，祖父也跟着生病，雙腿浮腫，動彈不得。弱妹和孤姪還在唸初中和小學。武漢危急，湖南是否可保？時局瞬息萬變，全家撤退又談何容易？一門孤弱，風雨飄搖，何去何從？

統艙裏是大人叫、小孩哭，一片嘈雜混亂。黃佩蘭的話中話有什麼含義？那位男士和季女士又是怎樣的人呢？此去重慶，迢迢萬里，男女老少三百多人，一路上能否平安無事？我感觸萬端，却一句話也說不出來。我怕一開口，就會哭出聲來。

黃佩蘭接着介紹我和那位男士和季女士見面。短小精幹的季女士是世故老練，那位男士却顯得懶洋洋的，還十分女人氣。我心裏想：這個領隊是該讓季女士做的。正想如何措詞向黃佩蘭建議，一陣驚心動魄的汽笛聲響了，她一揮手，混在人潮中離去了，留給我的是無限的惶恐和滿腹的疑雲。我望着江漢關開始往後退的建築物和兩岸明滅的燈火，突然感到它們也和我的親友一樣，臨別何其依依！

再見吧，武漢！今後何日能再見？再見吧，武漢，願上帝祝福我們。祝福我們再見時，大家都無恙！我口裏喃喃唸着，熱淚如泉湧出。

工人們在統艙裏，紛紛搶佔地盤。她們都打開了舖蓋，有家的以家爲單位，選一塊地方，把兩、三床舖蓋排在一起，家就這樣安頓起來了；單身的女孩子也找到一蓆之地安頓下來。我們三人小組中的男士也是携家帶眷——太太，他的父母和三個孩子。他選定了靠窗的地方安頓下來。舖蓋接着舖蓋，這一大片舖蓋區便是一個小的社區。每個家庭和個人也劃出了各自生活的小天地。安頓妥當了，女工們馬上開始工作，綉花、挑花、織毛衣、縫改衣服、做鞋……等等。女孩們三三兩兩坐在一起，一面工作，一面聊天，倒也樂在其中。

一直在世界各地翻雲覆雨的男人——侷限在統艙的舖蓋圈圈裏，日子一久，就問題百出了。他們習慣了動，也不及女人善於安排起居飲食的秩序生活。人家整理好的環境，他們却不時做點破壞工作。他們多數是抽煙的，於是舖蓋區煙霧迷漫，到處都是煙灰和煙蒂。他們又雅好杯中物，舖蓋區就酒氣薰天，有時喝醉了還亂叫亂駡。他們也玩紙牌，輸贏大了，問題也來了。第一天開始，女孩子們就不時來向我訴苦，說那些男人是如何如何的痲煩和討厭。

季女士和我兩人睡一個房間。她說我比她小，手脚又靈活，我就自動睡上舖，讓她睡下舖。她的姐姐是當時所謂的文化人，她本人也寫點散文。文化人多數是敏感的。她的胃也有文化人的特質，她常常躺在床上一動也不能動，不過那祇是在統艙舖蓋區出事的時候。如果統艙裏風平浪靜，她的胃也服服貼貼，她也談笑風生，怡然自得。我的頭也有這個毛病，只是我那「領隊」的頭銜不斷地警告我，我不能眼睜睜的看着統艙裏鬧得天翻地覆。

於是，我去找那位男士商量。他受過軍訓，多少有點威儀。他又是舖蓋區居民之一，箇中情況都瞭如指掌。我請他去跟那幾個彪形大漢說說，要他們不要抽煙、喝酒、玩紙牌，免得出事。他說：「他們不是士兵，不能以軍事方式管理。我們也不過是臨時客串的護送人員，凡事馬虎些，不好太認眞。」我當然也理直氣壯地說，大家過團體生活總得遵守團體的秩序，如果偶一不愼，引起火警怎麼辦？他很有把握地說：「那是不會的，我隨時注意一下好了。」

我知道他也有苦衷，因爲他也好吞雲吐霧，閒得無聊時也和家人玩玩紙牌，父母、妻子和他本人剛好成局。這樣一來，他就無法在舖蓋區樹立威信了。

我衹有硬着頭皮自己去和那幾個大漢說，請他們注意集體安全，把煙、酒、賭戒了。他們當着我的面唯唯諾諾，背着我却照樣我行我素。我衹好又和季女士商量，先把男女工人分開來，免得那些女孩天天來訴苦。她帶點諷刺的意味笑着說：「小葉，想不到你的年紀這麼小，腦筋那麼古板。男女混在一起，各有各的舖位，他們又是女工的丈夫，有什麼不方便的？現在是逃難呀！這些女工也太嬌了。多少人逃難都是男女混雜睡在豬圈和牛欄裏的！」「那些都是暫時的情形，我們可是要在一起幾個月。分開來大家方便，減少糾紛，豈不更好？」我說出了我的理由。「簡單一句話，」季女士說，「一動不如一靜，現在他們是夫婦和家人同住，我們有什麼權利把人家分開來？我可惹不起那些大男人。」

「可是男工祇有三十幾個，女工却有兩百多人，多數都沒結婚，我們不應該讓少數妨碍多數。」我堅持己見。「你有勇氣，你去試着辦吧！」她把話說到盡頭了。望着她那副精明能幹像，我自己也打起了退堂鼓。她都惹不起他們，我又怎麼惹得起？問題就這樣拖了下去。

我帶了兩部文學巨著，一部是托爾斯泰的「戰爭與和平」，另一部是羅曼・羅蘭的「約翰・克利斯朵夫」。在統艙裏風平浪靜的時候，我躺在上舖看我的小說，季女士便下統艙和她們聊天。她們向她提出討厭的男人問題時，她就說，這是領隊的事，她管不着。她不欣賞那些女孩子的舊腦筋，却很欣賞她們靈巧的雙手。好些女孩子挑綉出來的枕頭、枱布等都十分精緻。她就指定幾個突出的能手替她刺綉兩對枕頭，另外幾個替她挑綉幾塊枱布。她說，她到重慶後要重新安頓一個家，什麼東西都需要。

有一天，我們正在午睡，兩個女工慌慌張張地跑來說：「不得了，他們打起來了！」我跟她們跑下統艙一看，統艙已成了戰場，七、八個大男人正拳打脚踢，演出了全武行，起因是酒醉鬧賭賬。酒瓶茶杯滿場飛，衣箱雜物到處滾，婦女叫、孩子哭，嚇得東奔西竄無處躲。「完了！」我心裏想。這時天空又有飛機掠過的轟轟聲，敵我不明。驚慌失措中，我祇好猛吹口哨。他們不知發生了什麼事情，剎那間，打鬪停止，大家都楞住了。在這千鈞一髮之際，剛才那小小的口哨表現的權威性，給我帶來了靈感、勇氣和信心。我再也無暇和那位男士及季女士打太極拳了，我立卽宣佈說：

「請各位靜靜的考慮一下，現在我們要重新登記。一批是要去重慶的，到達重慶後，政府保證他們就業定居。現在爲了保障集體的安全，必須遵守幾個條件：一、不抽煙；二、不喝酒；三、不打牌；四、無論發生任何問題，祇准動口，不准動手脚。另一批到達沙市後自己下船，以後政府不負任何責任。現在就開始登記。」

登記的結果，人人都要去重慶。我堅持要他們立刻把私藏的煙、酒和牌交給我們保管，到了重慶再發還給他們。他們又你望着我，我看着你，嘴上喃喃着，心裏捨不得。我堅持我的意見。這時有幾個明事理的男女工人也紛紛發言，說是不容少數人破壞團體的紀律。如果他們不願交出私貨，表示決心，爲了大家的安全，祇好請他們下船。

我又一再說明：「我這樣做祇是希望人人都能平安到達重慶。」最後，他們好像茅塞頓開似的，幾個人先後說：「政府替我們想得這樣週到，我們竟還作踐自己，這豈不是自取滅亡麼？現在是國難時期，我們也不要麻煩葉先生了！把那些害人的東西抛到江裏去吧。」於是一個接着一個，他們把那些煙、酒和紙牌，全都丟進了江中！我一時感得動說不出話來。一場風暴算是圓滿結束了。我又趁機要他們把男女睡臥處分開來，用他們的衣箱堵成一道牆，女工睡牆裏，男工在牆外。有事可相互照顧，無事各不相擾。還要他們十人一組，每組推一人做組長，負責各種事宜；並且規定每星期六下午開一次全體會議，檢討並解決各種問題。我又訂出了他們每天的作息時間表，我和李女士每天輪流教他們唱抗戰歌曲，還請男士談談行軍的樂趣和防護的常識。我還要他們每人寫一篇自傳，寫明自己的家庭情況、特長和到重慶後希望做那一類的工作，不會寫的，可以請人代筆。這樣一來，他們每人每天都有點事情做，也有機會表現表現自己，一切都算是順理成章的解決了。

這一場風波後，原來酗酒鬧事的搗亂鬼不但成了維持秩序的糾察，也成了這個團體克服危難的大功臣。原來他們當初鬧，祇是因爲離鄉背井，前途茫茫，心情苦悶，想藉酒澆愁而已。未能及早開導是我自己的過失。他們曾一再向我表示：到重慶後，他們願意做政府給他們的任何工作。如果妻兒能夠安頓，他們也願上前線殺敵，祇要能趕走敵人，他們不惜犧牲一切。我當時心裏不斷地想：我原來是個大傻瓜，既幼稚、又愚蠢。在他們鬧事的一刹那，我還恨不得把他們趕下船去呢。

我和季女士的胸前都掛了我們的職務名牌，可以到處走動，還可到大餐間吃飯，不過我們一次也沒去過。現在統艙已無戰爭，我們就趁機到處溜溜。大餐間兩邊的甲板是學生的營區。左邊是一羣男生，右邊有十幾個女生。他們都把舖蓋捲排成一長條，把它當靠背椅和書棹，半屈着腿坐在那裏。空間小，都無法把腿伸直。他們有的在看書，有的在寫日記什麼的，也有三五成羣地高談濶論，大談抗戰情勢。興緻來時，男女生便在一起高唱一曲抗戰歌。有時左邊的唱，右邊的和，「中華民國不會亡！」的歌聲，天天掃過海面，響徹雲霄。

在女生羣中還有我的兩個熟人。她們知道我住在房艙裏安安逸逸的逃難時，都不勝羨慕；我告訴她們我差點自殺的那一幕，她們又大笑不已。她們佔的都是額外舖位，是人家往來必經的走道，所以總要到夜深人靜時才能攤開舖蓋睡覺。天一亮，又得趕緊捲起舖蓋，以免防碍交通。這裏的舖位客，船方也不供給伙食。他們不是吃醬油拌飯，就是拿泡菜下飯。他們說大鍋飯又熱又香很好吃，淪陷區的同胞要吃草根樹皮，那才要命呢。這樣一想，大鍋飯就更好吃了，他們每人每餐都津津有味地吃四、五碗。

整個船上到處是人擠人，行李堆行李。清風徐徐吹來，帶來的却是一片汗臭和百物混雜的怪味。在男生的營區，每天還總有三、四次濃郁誘人的香味飄過。每次隨着香風而來的是一陣叮噹、叮噹的鈴聲和科卡、科卡的高跟鞋着地聲，這是那位「問題女人」帶着她的心肝寶貝來散步的信號！她那渾身閃亮的絲綢旗袍每天都是不同的質料和色彩，三寸半的高跟鞋強調了她的步調的婀娜和輕盈。她就像神話中的仙女似的，一路飄飄蕩蕩的過來，湯姆和琳達一路叮叮噹噹的為她開路。長串的翡翠耳環在她的肩上飄呀蕩的，直向人們的心窩裏盪去！經過細心化裝的臉蛋，遠遠看去恰如盛開的桃花，一對水汪汪的眼睛滴溜溜地轉動着。她每次向四周環顧後，立刻皺起眉頭，嬌聲嬌氣地自言自語：「到處亂糟糟、髒兮兮的，眞是活受罪！」而後是一聲無可奈何的嘆息，接着又洋腔洋調地喊着：「湯姆，琳達，Come on。」

湯姆是隻又白又肥的波斯猫，琳達是一隻小北京狗。牠們的脖子上都繫了大紅緞帶的蝴蝶結和一隻小小的銀鈴子，所以她的芳蹤經過之處，總是有一股濃郁的芳香和叮噹的鈴聲。

男生營區是她每天散步必經之處，他們有幸每天可享受三、四次芳香的撫慰。可是，每次一聽到叮噹的鈴聲，他們便一齊將臉轉向江心，好像躲避什麼妖魔鬼怪似的，然後齊聲高唱：「打倒倭奴，打倒倭奴，除敗類，除敗類！大家團結起來，大家團結起來，求勝利，求勝利！」這本是北伐時期的一首流行歌曲，原來的歌詞是：「打倒列強，打倒列強，除軍閥，除軍閥！國民革命成功，國民革命成功，齊歡唱，齊歡唱！」他們改了幾個字用來發泄情感。倭奴自然是指日本軍閥，敗類就是指這教人看不順眼的問題女人了。有時，他們怕她聽不懂，就反覆只唱：「打倒倭奴，打倒倭奴，除敗類，除敗類！」那幾句。還把除敗類這三個字一字一字的唱出來，好像要把它當子彈一顆一顆的打進她的胸窩裏去似的。

她呢？對這一切視若無睹，聽如未聞，頭照樣抬得高高的，胸部照樣挺得凸凸的，自由自在的搖過來，蕩過去。口裏還不時洋腔洋調的，「琳達，湯姆，This Way。」她把琳達、湯姆帶回了香閨，又不立刻把門關上，先用一條又白又大的毛巾將兩隻小畜牲渾身上下，擦了又擦，擦掉牠們在外面沾上的穢氣。擦完了，又向兩隻畜牲身上噴香水，連肚皮下都噴到了，才碰的一聲，把一切由戰爭帶來的雜亂都關在門外。她一家三口住的是這艘船上最好的一個房間，琳達和湯姆也各有舒服的休息處，戰爭的氣氛是無法在這貴賓室中立足的。不久，緊閉着的房門又打開了，香噴噴的人兒由香噴噴的房裏伸出香噴噴的頭臉來，找茶房發脾氣，因爲厨房替她的琳達燉的牛肉不夠爛，湯姆的魚也不夠新鮮，牠們都吃不下，她祇好讓牠們吃餅干和巧克力糖，她擔心把牠們的胃給吃壞了。這樣一來，這些吃醬油拌飯的男孩子覺得她本人和琳達、湯姆都有扔下江去的必要，他們談論着，却沒有實行。有一天，琳達悄悄溜溜出來玩，一個男孩一把抓住牠，正想把牠拋向江裏時，這隻一直受人冷淡的小畜牲發覺除了牠的主人還有人碰牠，高興得又作揖，又打躬的，小男孩心腸一軟，又把牠放走了。不過，他們和牠的主人之間的冷戰情況一直是有增無減。

這位香噴噴的問題人兒每天散步經過男生區，還要不時打擾另一端的祖孫倆。爺爺是位六十多歲的老人，天天是長袍馬掛，穿着整齊，好像要去參加什麼典禮一樣。他總是坐在餐廳的一角，用老夫子們讀古文那種抑揚頓挫的腔調，教他那十一、二歲的孫兒讀文天祥的正氣歌和諸葛武候的前、後出師表。上午古文，下午詩詞。一面讀，一面講解，還要孫子背誦，天天都是如此。那一天，正當祖孫倆搖頭幌腦讀得出神入化時，一陣濃郁的芳香，帶來了叮噹的鈴聲和科卡的高跟鞋着地聲。好奇使做孫子的分了心，目光轉到那香氣的來源。於是，老人臉一板，大聲喝道：「讀書！給我背正氣歌。『天地有正氣……』背呀！」孫子正要回過頭來，又經不起琳達蹦呀跳的傻相兒的挑逗，和那香噴噴的人兒頻頻飛過來的友善的笑花兒，要回轉來的頭就停在中間了。氣得老人咬着牙恨恨地說道：「國之將亡，必有妖孽！」

老人繼而一想，憑這一隻狐狸精，就能把我大中華民國覆亡麼？且看兩邊走廊甲板上的青年男女，多能吃苦！他們才是國家希望之所寄哩。於是，他又略感興奮地，領着孫子朗誦起杜工部的聞官兵收河南、河北的七律來：「劍外忽傳收冀北，初聞涕淚滿衣裳！却看妻子愁何在？漫卷詩書喜欲狂。白日放歌須縱酒，青春作伴好還鄉。卽從巴峽穿巫峽，便下襄陽向洛陽。」讀得有節有拍，聲聞四座。誦完了杜詩，又帶着孫子一同背誦陸游的詩：「……王師抵定中原日，家祭勿忘告乃翁。」後面兩句讀得特別大聲，好像要全船的旅客都聽到。

他現在總算把剛才那隻狐狸精帶來的霉氣掃光了，與緻盎然地對孫兒說：「記住，孩子！他挺了挺胸，「將來國軍收復南京時，如果爺爺已經死了，你一定要自己好好寫篇祭文，在爺爺靈前祭告一番，讓爺爺在九泉瞑目。」

「如果爺爺還活着呢？」孫子說。

「那麼爺爺就要自己好好寫篇祭文，殺猪宰羊，打開祠堂的大門，鳴鐘擊鼓，祭告列祖列宗，以慰先人的英靈！爲了將來我們能向祖宗和後世子孫有個交代，我們人人都要奮發有爲，團結一致，把日本鬼子趕出去！」

「我知道，爺爺，我長大了去從軍，上前線，打衝鋒！」爺爺笑了，「你現在要好好讀書，讀書才能明理，明理的人，才知道盡自己做國民的責任。」

「爺爺，剛才那個女人是不是也明理……」

「背書，別亂想亂說，」爺爺的氣又來了。「天地有正氣……好好的背下去！」

整艘船上，香噴噴的問題女人只征服了一個地區。那是用算盤講話的三個怪人。這三個人好像是窰裏燒出的陶器，一個是腦滿腸肥，一個是獐頭鼠目，另一個就活像皮影戲裏的沙和尚。他們每個人都是算盤不離手。三個人聚在一起時，便用算盤來渲染他們談話內容的神秘性。腦滿腸肥的用手指一撥算盤，向獐頭鼠目的那位說：「棉紗……這個數目如何？」獐頭鼠目的眉頭立刻皺起來，也把自己眼前的算盤敲得科科響，「我想，這個數目如何？」沙和尚抬頭，看了看對面兩個人算盤上的數目，沉吟了一會，推動一下自己的算盤，抬起頭來說：「還是這個數比較適當吧？」

「那麼，鋼鐵呢？……」腦滿腸肥的正想撥動算盤。「鋼……鐵……」獐頭鼠目的話剛到唇邊……，那陣濃郁的香風，帶着叮噹的鈴聲和科卡的節拍聲一齊來了。三個人頓覺眼前有一團彩色的光影逼射而來，一時目眩神搖。三顆頭顱都不由自主的隨着這團光影轉，每個人的口都半張着，六隻眼睛全儍楞楞的瞪着，有點像中了暑，着了魔似的，剛才撥算盤的那股精明勁兒已無影無蹤了！這時，香噴噴的女人用春水汪汪的眼睛向三個儍氣楞楞的怪物溜了幾溜，鮮紅的嘴唇微微一撇，又把溜溜轉的春水眼波凝成冰雪，頭一昂，悠悠蕩蕩的飄去了。六隻儍楞楞的眼睛，好半天才回復正常的狀態。不消說，算盤的活動也停頓了，三個人的心上仍在叮叮噹噹，科卡科卡的……。

最能轟動全船的還是那位全副戎裝的房艙客。他不但天天全副武裝，胸前還掛滿了勳章。他那戎裝和勳章是那一個年代的？沒有人知道，反正不是抗戰時期的。他不但髮鬢全白，雙腿也僵硬了，腰幹却還是挺得筆直。他每天踏着武士步伐走來走去，好像存心要展示他的戎裝和勳章。這且不說。最絕的是天一亮，他便穿着整齊，鑽出房艙，走上甲板，對着渺渺的海天吹軍號。那號聲說激昂是激昂，說蒼凉也眞蒼凉！

頭一天清晨，他把全船的旅客由夢睡中吹醒，嚇得人人狼狽不堪地衝出睡臥處，探問發生了什麼緊急事故。有人以爲輪船失火了，也有人以爲船觸了礁還是中了彈什麼的。船長也出來查問，他却滿不在乎的說：戰時的軍號代表國魂，也代表軍魂，他祇是想爲垂頭喪氣的大家打打氣，最要緊的還是要鼓舞前線的士氣。

他吹的是前進號和衝鋒號。大家問：爲什麼要在這逃難的船上吹衝鋒號，而不到前線去呢？他振振有詞的說：他是軍人，他最了解軍心。全國老百姓在任何地方吹前進衝鋒號，爲前線的將士加油，都能使前線將士得到心靈感應，感到勇氣十足、精神百倍。他當年參加武昌起義、護法諸役，到北伐戰爭都有過這種經驗。祇要有老百姓的鼓舞支援，前線一定打勝仗。

船長勸他說：他的用意很好，却打擾了全船旅客的睡眠，也會引起敵機的注意，惹來麻煩。他偏說：「天剛亮的時候，那有敵機來窺？再說旅客們天天睡得沉沉悶悶的，振奮一下精神有什麼不好？」那羣學生立刻響應他，許多旅客也都支持他。船長見無人反對，就由他去。

於是，每天清晨，那羣精力過賸的男、女學生和一些旅客都穿得整整齊齊的聚集在船頭甲板上，向船尾立正，致敬，因爲船的後方就是戰爭的前方。每天清晨，激昂的軍號聲和「中華民國不會亡」的歌聲震撼江河，響徹雲霄，廻蕩在每個旅客的耳旁和心頭。好些人都被他的號聲引得熱淚漣漣。他確是一名傑出的號手，吹的號聲充滿了情感，不但有鼓舞軍心的威力，也使人勾起離鄉背井的淒涼感覺和海天茫茫、風雨同舟的同胞愛。

據學生們說，號角聲第一次在船上揚起時，那位問題女人也和大家一樣，嚇得披了一件大紅晨衣，蓬着滿頭亂髮衝出房間，當她知道是那位白髮武士的傑作時，她就仰頭大笑，露出兩排白牙在晨曦中閃閃發亮，看得人心頭顫動……。

最後，我又回到了我的本位——統艙裏。上次那場大風暴後，統艙裏平靜了一段時日。如今又是大難當頭了！情況比上次還要嚴重得多。我想輪到我跳江的時刻迫在眉睫了！

我們船到宜昌後，要改乘內江輪才能去重慶。黃佩蘭曾交給我一張名片，要我到宜昌後，立刻去找某工礦單位駐宜昌的特派員。她說，他會替我們安排去重慶的事。船在上午到了宜昌，我和季女士下午就下船去找他。他當時滿口答應說一切包在他的身上，要我們第三天去討回信。第三天我們如約前往，他堅持要請我們吃午飯。他在飯館裏告訴我們，還得等兩天。兩天後，我們再去找他，他又說還要等兩天，急得我們天天去催他。他天天要請我們吃飯，我們急得蹦蹦跳，那有心情吃他的飯，却也奈何他不得，祇有死命地催。

時間過去了一個半月！這時武漢已棄守，黃佩蘭等已不知去向。宜昌也是滿城風雨、人心惶惶。這位特派員爲我們安排換船的事還是漫無頭緒。最糟的是黃佩蘭以爲我們在宜昌祇要耽擱一星期，最多是半個月，團體的伙食費是按她預定的日期計算發下來的。現在一躭擱，我們的伙食費吃光了，船方又不准我們欠帳。我祇好先拿出自己的錢來墊，也借用了季女士的錢。老天！這點錢，三百多人能吃上幾天？

我們原來是一直住在船上的，現在這艘船馬上要開往他處，三百多人住到那裏去？吃什麼？我不跳江又怎麼辦？情急之中，想起黃佩蘭曾交給我兩張婦女指導委員會的全銜名片，並加蓋了官印。她說萬不得已時可以去找地方官幫忙。我們打聽到當時宜昌職位最高的官是劉峙將軍（記不清他當時擔任什麼職務），也打聽到他的住址。我和季女士立刻去找劉峙夫人。她接見了我們，知道我們遭遇的困難後，又請來劉峙將軍。劉將軍說，如果我們再過兩天找他，他也無能爲力了。現在正好他們包了一艘去重慶的內江輪的統艙，可以先讓給我們。我們也借到了伙食費，走出劉將軍的大門時，我眞有由手術臺上活過來的感覺。

我們在第四天就換乘那艘內江輪。在當晚就出發。怕別的難民強行登船，船是泊在江心的。當夜細雨濛濛，秋涼如水，要由狹窄的獨木橋登上小艇，而後由小艇運送到內江輪上。所有的行李和二十多個小孩都由那幾十名男工搬運上船。女工各人提着小包，手拉手走過去。木板橋又濕又滑，黑濛濛中，兩個身體不適的女工脚下一軟，撲通一聲掉下江裏去了！幸虧那幾個曾是酗酒賭博的搗亂鬼眼明手快跟着跳下江去，把她們都搶救上來，抬上船去。

還有個湊熱鬧的小傢伙早不出世，晚不出世，偏偏揀着我們正要換船時，降臨人世。我祇得陪着他的媽媽和幾個有經驗的女工留在原來的船上候駕，等他出生。他才發出第一聲啼哭，她們就手忙脚亂的剪斷他的臍帶，把他和他的母親用被單包在一起，由兩名壯丁抬上內江輪。我自己沒有經驗，越幫越忙，弄得狼狽之至。此行是驚險百出，幸好有驚無險。當晚如果沒有那些曾經酗酒賭博又身強力壯的角色，我眞不敢設想，這幾百名嬌弱的女工和孩子怎麼能夠安安全全登上內江輪？

內江輪快到重慶時，有三個乾淨俐落的女工來跟我說：季女士要她們下船後和她一同走。她選中他們三個爲她和她的兩個朋友做洗衣、燒飯的家務事。她的朋友曾拜託她代爲物色佣人。她們又對我說，她們習慣做工廠的工作，這次又是政府送她們來後方工廠工作的，問我該怎麼辦？我想起臨行前黃佩蘭對我說的話：「務必使她們個個參加大後方的生產工作。」我祇好說，這件事要黃佩蘭才能決定，要她們見了黃佩蘭後再說。

船到重慶那天是日麗風和，深秋的重慶暖如初夏。朝天門碼頭一片人潮，黃佩蘭在人潮中向我們揮手。我大大的鬆了一口氣。我請她先到統艙，我當場交出了名册和哨子，請她點收。她頭一昂，笑一下，想了想，接受了我的意見。她點收了，一個沒少，還多了一個來湊熱鬧的小淘氣。

好幾年以後，有一天，我在重慶求精中學廣場上看到一位身穿淺咖啡色海虎絨長大衣、婀娜多姿的女人迎面走來，我不覺一怔。「這芙蓉般的臉兒好熟呀！」我身旁的朋友說：「妳知道嗎？她是上海灘上的名女人某某某，聽說她是在為某某某工作，是我們情報機關中很活躍的一分子，常常往來上海、香港和重慶間。」

這時，我的耳旁立即響起了「除敗類，除敗類」的歌聲。天，竟是她！我們風雨同舟的那個香噴噴的問題女人。

原載六十一年十二月號綜合月刊

天堂裡的媽媽

凡是見過蜜蜜和仁仁的人，沒有不說蜜蜜是個乖孩子，仁仁是個小淘氣。蜜蜜打五歲起，就會自己梳洗穿着，背起書包帶弟弟去上幼稚園，一點不要家人操心。弟弟淘氣撒野時，她還會雙手向腰際一叉，表情嚴肅地：

「瞧，你又不乖了，爸爸媽媽都要生氣哪！」那神氣簡直像個小婦人。

「爸爸媽媽？」仁仁準是頭一昂，擺出大將臨陣不亂的風度，「哈，才不會呢，你胡說！」

「甚麼叫胡說？那裏學來的粗話？」蜜蜜的小圓臉綳得好緊，「不相信，等着瞧吧，回到家，爸準不給你圖畫書，媽也不會向你開心的笑了！」

看着姐姐那一本正經的神氣，仁仁有點氣餒，但是還要虛張聲勢，「哼，媽向誰都笑，爸也喜歡我，你是女生，女生最討厭，我不和你玩了。」於是連跑帶滾，自己下臺，根本不給對方再教訓的機會。

類似的情景，常會引得一些悠閒的旁觀者哈哈大笑。也有喜愛孩子的女太太們，忍不住向前握住蜜蜜的小胖子，望着那雙懂事的大眼睛說：「小朋友，那個天天來接送你的老婆婆是誰呀？」幼稚園的孩子們多數由母親接送，但蜜蜜和仁仁的媽媽，她們從沒碰到過。

「是我奶奶。」

「那是你爸爸的媽媽，還是你媽媽的媽媽呢？」好事者興趣盎然的往下問。

「都不是。」

「是佣人嗎？」

「更不是了」蜜蜜直搖頭，「把你的手伸出來給我好嗎？手掌向上嘛，」孩子似乎故弄玄虛，接住對方的手，煞有介事地：「我告訴你奶奶兩字怎樣寫，」她一面用小指頭在對方的手掌上劃大字，一面說：「奶是女字旁的奶，是孩子吃奶奶的奶。奶奶，就是我爸的奶媽，等於我爸的媽媽，你懂了吧！」

「喲，你這小朋友好聰明伶俐，那末，你的媽媽呢？」

「我媽媽，」蜜蜜停頓了一下，「我媽在天堂裏。」

「在天堂裏？呵喲，好可憐，原來你媽媽已經不在哪……」

「我媽沒有不在嘛，我媽好喜歡我們，我一點也不可憐嘛，我有好媽媽，和好爸爸。」

「你不是說你媽在天堂裏嗎?」

「是嘛，我媽比誰都好，她是在天堂嘛。」

別看她小小年紀，那一副不可侵犯的神氣，使別人不好意思再追問下去。於是，那些太太們猜測，這姐弟倆的媽媽，一定是個信敎的，而且信得入了迷，整天天堂、天堂的說個沒完，所以她的孩子們，以爲她活在天堂裏。

「那末，你的爸爸呢?」望着那張令人開心的蘋菓臉兒，她們掉換了一個題目發問。

「我爸爸是丁敎授，大學裏敎書的……好敎授。」小蘋菓臉上那雙亮亮的大眼睛，顯得好認眞。

「你不說，我們也猜想到你爸爸是個好敎授。」孩子那副一本認眞的大人氣，把太太們惹得嘻嘻的笑了。

說眞的，蜜蜜的話，並不使人有「誇大」的感覺，單憑姐弟倆的穿着擧止，人們一眼就可看出來，這是出自一個好家庭的好孩子。

丁敎授，蜜蜜的爸爸，是個不折不扣的讀書人。白天在大學裏上課，往圖書館硏探，回到家，除了和孩子們聊聊，偶爾弄弄花木，大半時間都是關起門來做學問。孩子們習慣了八點半上床，而他的硏究工作，總在孩子們上床以後。正如一般快樂正常的孩子一樣，這兩個孩子是在一個充滿愛，和良好的照顧的家庭中成長起來的。

由蜜蜜略略懂事的時候起，大概是四歲左右吧，大學裏就配給丁教授一棟獨院住宅。房子雖然古老一點，但地區寧靜，院子大，花木扶疏，鳥歌蝶舞，都給孩子們帶來無限生命的愉悅和生活的樂趣。

在住宅的樓上，有一間約十個榻榻米大的房間，也是這住宅最雅緻的一間房間，純白的天花板，襯着淡藍的牆壁，藍底白荷花的窗帘，窗外是搖枝弄影的鳳凰木，常常有不知名的小鳥在那兒跳躍歌唱，窗前打直擺了一張大書桌，姐弟倆常常面對面坐在那兒做功課。爸爸老是坐在媽媽旁邊的沙發椅上，閱覽報章雜誌，姐弟倆功課上遇到了難題，爸爸還可隨時幫忙解決。每到週末，或是假日，爸爸不是帶他們去郊外玩，便在家和他們說說笑笑，或請他們的同學到家裏來玩。爸爸也插進來和他們說故事哪，看他們表演歌唱舞蹈哪，還不時鼓掌助興。有時，奶奶也會不甘寂寞的加進來，說些她家鄉的老故事……來點冰糖蓮子、蜜汁桂花藕消消夜哪，諸如此類添興頭的事兒。媽媽呢？媽媽總是安安靜靜的坐在那兒，溫柔的笑着，甜蜜的笑着，那雙清澈幽深的大眼睛，像兩潭秋水深不見底。又像兩顆大星星，在天際閃亮發光，照耀着這家裏每一個人，也透視着每一個人的心靈。在它的透視下，每一個心靈都瑕疵畢露。哦，這就是媽媽的眼睛！孩子們習慣了一到家，便首先向媽媽報到，如果這一天言行良好，永遠微笑着的媽媽，便投給他們以無限愛撫和鼓勵的微笑，「寶寶眞乖，媽好愛你，好開心呵！」類似的溫柔話語，由媽媽的眼光和微笑中吐露出來，響落在孩子們心上，比蜜糖還甜。

如果孩子們這一天功課沒做好，又犯了一些日常生活中的過錯呢？媽媽的微笑，便變成怨怨難消，熱淚盈眶的苦笑了，「不聽話的孩子，你叫媽好傷心，好失望啊！」媽媽的眼光和微笑，會同時發出哀怨的聲音，於是，孩子想笑也笑不出來，想胡鬧也沒有勁兒了！

所以，儘管媽媽沉默無語，她的溫柔的聲音，却常在孩子們心上盤旋；儘管媽媽永遠溫柔的微笑着，她的笑却是變化無窮的，有鼓勵，也有責備，有喜悅，也有哀怨。是帶有幾分權威性和神秘性的，顯示媽媽無所不知。儘管媽媽不會活動，却活生生地，活在孩子們生活當中。看起來，媽媽是高高在上，駕凌一切。她的頭略略向下俯視，正如由天堂向下俯視一樣，注視這家裏的一切活動，這不但在孩子們心上發生影響，也無形中影響了奶奶，在奶奶看來，那雙會說話的眼睛，似乎常常向她說：你對孩子照顧得週到嗎？給他們吃好了嗎？穿暖了嗎？讓他們睡足了嗎？給他們洗乾淨了嗎？儘管奶奶愛他們入骨，照顧得無微不至，媽媽的眼睛和微笑，也發揮了一點監視作用。

這份沉默的母愛，不但使孩子們感到滿足，也感到驕傲。因爲好些小朋友回家找不到媽媽，打牌去哪，應酬去哪，忙別的去哪，而他們天堂裏的媽媽，却是永遠微笑着等待他們；很多小朋友犯了錯，會挨媽的打罵，嘮嘮叨叨的沒個完，簡直叫人要發神經；而他們天堂裏的媽媽，却永遠是以微笑來鼓勵他們，以微笑來勸說他們，眞是無聲勝有聲。

天堂裏的媽媽是怎樣出現到他們生活當中來的呢？

那時，蜜蜜不過四歲左右吧，有一天在大雜院玩，忽然和鄰居的孩子吵起來，被人家的媽媽說了兩句，便一路哭着回家，向爸爸又哭又鬧：「人家小朋友都有媽媽幫忙，爲什麼我沒有媽媽？爲什麼我沒有媽媽？」

丁教授一時楞住了！「別哭，蜜蜜，爸爸喜歡你；別哭，蜜蜜，爸爸喜歡你！」他重複說。

「我要哭，爲什麼我沒有媽媽，我要哭，我要媽媽！」孩子哭得更傷心了，似乎要把由別處受來的寃氣，一古腦兒發泄出來。

「誰說你沒有媽媽？」丁教授情急智生，把孩子抱在懷裏，替他把淚水鼻涕揩乾淨了，「你有世界上最好的媽媽，不過，她現在不在這裏，因爲她太好，提早上天堂去了。但是，她捨不得我們，她的心還一直和我們在一起，照顧我們。」

「媽的心在那裏？讓我看看，我要媽，不管她在那裏！」

「媽的心在你的心裏，在我的心裏，在我們大家的心裏，那是肉眼看不到的。好，讓我把你媽給你看，……」丁教授把孩子帶到他的書房裏，在抽屜裏拿出一張四寸半身照片，放在孩子眼前說：「這就是你們的媽媽，好漂亮啊，是不是？你看，她看到你好開心，她在笑呢，笑得好甜啊，快別哭了，你哭，媽便不開心，不會笑了！」

孩子看到影中的媽媽是眞的笑得甜極了，笑也有感染力，孩子立卽停止了哭泣，呵呵的笑了。可是，想了想又哭起來，「爲什麼媽媽不說話呢，不抱我呢？」

「我告訴過你媽媽在天堂裏嘛，祇有她的心和我們在一起，你有爸爸抱，奶奶抱還不夠嗎？是你的好媽要奶奶，和爸爸多抱抱你，親親你的呀。」

這時，窗外正傳來幾聲鳥語，丁教授福至心靈，向孩子低低的說：「你聽，小鳥兒在學天堂裏的媽媽說話呢，媽正在說：『寶寶，乖乖；寶寶，乖乖；你聽到嗎？』」

哭着的蜜蜜，停止了哭泣，屏息凝神地張起小耳朵來聽，覺得小鳥兒是眞的把媽的呼喚聲傳給她了，眞的在一聲聲「寶寶，乖乖，寶寶，乖乖」的叫喚着呢？於是，把爸爸手中的媽媽搶過來，放在嘴邊親了又親，把包照片的玻璃紙吻得濕淋淋；還不肯罷休，「媽媽，你不要老在天堂裏嘛，蜜蜜要你，仁仁也要你，快點回來吧，和我們大家在一起嘛……」

這樣又哭又笑，自說自話的鬧了一陣，便安安穩穩的睡着了。醒來後，告訴奶奶和爸爸說，她剛才看到天堂裏的好媽媽了，好媽媽好喜歡她，又抱她，又親她，還說她以後會常常回來看她們呢。

爸爸笑了一下，就把臉轉過去，背着孩子去擦眼睛。奶奶趕緊說：「你們乖，媽便會常常回來看你們，不乖，媽便不會回來了。」

此後，蜜蜜一早起來，常常要說夜裏看到好媽媽了，好媽媽如何，如何喜歡她的話。奶奶靈機一動，遇到孩子給她找麻煩，對付不了時，便把天空裏的媽媽請出來幫忙，一切大自然的聲息，都成了媽媽喜怒哀樂的話語，如此一來，天堂裏的媽媽在家中的地位，越來越重要了。」

不久，丁家便搬到這棟獨院來，丁教授把那張太太的小照，放大成二十來寸的大照片，在樓上闢了一間雅室，把它端端正正的掛在面對窗戶的牆上，像底緊靠着牆壁，上端向下微傾，這樣看起來影中人高高在上，頭却向前微伸，俯視下端，正如由天堂向下俯視一樣，也正好看着孩子們做功課，流覽窗外的自然景物。日移風動，屋子裏便灑滿了陰影，陰影流動中，更覺影中人目瞬神飛，栩栩欲活。

也有朋友勸丁教授，「你這樣做未免不正常吧，人是活在現實生活當中的呀，不如找個適當的對象，正式結婚，使孩子們有個眞正的媽媽來照管。」

「可是，我的孩子們不但正常，而且優秀，難道你覺得我的孩子有什麼不對嗎？」

這是眞的，誰能說丁家孩子半個「不」字呢？如今，蜜蜜十二歲了，在校以品學俱優，成爲同學們妬羨的對象。穿着那套著名女中的制服，走起路來，腰幹挺得直直的，好不神氣。仁仁也快十一歲了，雖然很淘氣，但功課棒，身體棒，比起姐姐來，更覺活潑天眞。單憑這一對姊弟的表現，誰能說丁教授的家庭生活不正常，孩子的教育失敗呢？

這一年，該輪到丁教授休假了。薪水是照領的，他以交換教授的名義出國進修，因爲這個世界科技方面進步得驚人，他離開學校十多年了，這十多年來，科學界的變化大多了。

就在他去國九個多月，祇差三四個月就回來時，家裏突然出了一件大事，蜜蜜撞車了！腿被壓傷，被送進醫院。這對丁教授而言，眞是晴天霹靂，他摒除一切，匆促返國，一下飛機，就直接去醫院探視，蜜蜜的傷勢並不如他想像中那麼嚴重。腿部上了石膏，一切情況，都還良好。據護士說，再過三四星期就可痊癒出院。也不會影響她走路的姿態，因爲年紀小，很容易恢復。蜜蜜本人也很平靜，還故意做出微笑來安慰父親，怪奶奶不該打電報到美國，把父親嚇回來。還說父親應該馬上回到工作崗位上去，完成未完成的研究。完全像個大女孩說話，一點也不像從前那末撒嬌、撒癡的纏人了。他覺得女兒怎麼一下子就完全成熟了，是缺乏親情的慰藉嗎？忍不住熱淚潸然，終究把孩子也惹哭了。

他又去和主治醫師談話，對蜜蜜的傷勢，主治醫師和護士小姐的說法差不多。不過，他說，他覺得蜜蜜似乎精神上受了什麼打擊，情緒很不穩定，常會突然從睡夢中驚醒，呼喚親人，他們一直給她鎮定劑。所以出院後，恐怕需要一段時間作精神方面的休養，才能慢慢的，完全恢復身心健康。最好，家裏人多多接近她，設法了解她，或帶她作一趟旅行也好。

丁教授覺得很奇怪，因爲這些情況，他離家時是絕對沒有的。這幾個月當中，家裏發生了什麼事嗎？他又匆匆趕回家，奶媽也說不出一個所以然來，祇說蜜蜜近來常常一個人發愣，不大說話，不過還是很乖，很聽話，天天都把帶回家的功課做好，做得不大上勁就是了。奶媽認爲這是必然的現像，因爲她十二歲了，而且已有了「月信」，這是一個女孩最大的轉變期，她已由孩童變爲少女了！自然會沉靜一點，容易現出多愁善感的樣兒來。「出事那天，她出門時還笑嘻嘻的向我說再見呢。」奶媽想了想補充說：「不料，不到一個鐘頭警察就來通知，說她被摩托車撞了，已送進宏恩醫院。唉！」奶媽又長長嘆的了一口氣，「眞是菩薩保佑，沒有把小腿壓斷……可憐，沒娘的孩子……」她不說下去，却忙着去揩眼淚。

丁教授覺得心裏好煩，喝了一口奶媽泡好的涼茶，便獨自上樓去了。走進那間雅室，一回頭，就和太太逼人目光不期而遇，一時間，他眞是萬感俱集，忍不住熱淚紛紛，往事像潮水一樣向心中湧塞，他一咬牙，想把回憶打發走，他向自己說：冷靜！忘却！無奈一個人的情感，常會不聽理智的吩咐，心上的創傷，想忘却，談何容易？談何容易？

他坐到窗前書桌旁蜜蜜的坐位上，把蜜蜜的抽屜一一打開來檢閱，他的課本，作業簿，英文和數學練習本，他發覺她的成績在逐漸退步中，字跡也越來越潦草，顯然，精神不集中。這孩子，倒底是怎麼回事？我出國才幾個月，就變成這樣！他又把她的作文本，和週記簿找了出來，先由最近的週記看起，她斷斷續續的記着：

七月七日第一週。

「我希望我永遠不要長大，我希望我永遠是個迷迷糊糊的小糊塗，人家說什麼，我就相信什麼，那樣多麼快樂。不幸，我現在不是小糊塗了，我知道了許多事情，我就失去了快樂，祇有迎接痛苦的份兒了，老天啊！我說什麼？」

苦痛的第二個禮拜天。

「我的夢破滅了！我還有什麼好驕傲的，我不知道我應該可憐自己，可憐媽媽，還是可憐爸爸？我的可憐爸爸呵，我永遠愛你，敬你，我永遠是你的好女兒，我不想去恨什麼人，爸爸，我怕，我怕「恨」。」

好像有一陣冷風，穿刺過他的心胸，他感覺喉頭被什麼東西塞住了似的，氣吐不出來，全身發冷，發僵……咬了咬嘴唇，把眼淚強忍住，繼續往下翻：

灰白的第三週。

紅樓夢裏說：男人是泥做的、女人是水做的。我寧願說：男人是木頭做的，一看到仁仁又蹦、又跳的快樂勁兒，我就生氣，我眞不知道他有什麼好快樂的，他不是和我一樣嗎？唉，木頭、木頭、一個人沒有感覺、才有快樂，快樂是屬於木頭人的。」

「快樂是屬於木頭人的！」丁教授長長地吁了一口氣。「天啊，這是一個十二歲的小女孩應該說的話，應該有的心境嗎？誰的罪過？這是誰的罪過？使一個十二歲的孩子這樣受傷和絕望。」眼淚連續不斷的滾下來，無可奈何地，他把週記本放在一邊，又把她的作文本拿來看，第一篇是：「我的家庭。」

「我有一個快樂的家庭，我的爸爸可當選模範父親，他在××大學教書，他的學生都敬愛他，一如我們喜愛他一樣，他對我們，更是無微不至。我媽是世界上最好的母親，她雖不和我們生活在一起，可是，她的愛，充滿我們四週，使我們感到又甜蜜、又溫暖。我常常想，爸爸好像一株大榕樹，又結實，又堅強，不怕颱風和烈日。媽媽却是榕樹的根兒，她深藏地下，以他的生命和愛，來支持這株大榕樹，營養這株大榕樹，使牠能克服一切，蓬勃生長。我和仁仁是榕樹上的嫩芽芽，靠着爸爸媽媽的愛，和護持，抽芽發葉。而奶奶，却像一個老園丁，天天忙着照顧她的樹木花草，無憂無慮，越老越天眞，一點也不怕辛苦和流汗。我喜歡我的家，我的家，好比世界上一個小小的樂園。」

「爲什麼週記上記的完全不同呢？老師還給她一個甲上」仔細一看，才發現這是去年的作文本是呀，我去年離家時，她還是一個快快樂樂的小女孩嘛，是那份她感覺到的父母的「愛」，和父母的行爲帶給她的光榮感，才使她那麼快樂可愛的吧。那怕是那份愛近乎夢幻，又如此淒哀，依然對她有如此大的影響力量！

是什麼把她心目中的偶像打碎了，使她變得如此絕望和哀痛……唉！蜜蜜……蜜蜜！難道有人把我埋藏心底這許多年的苦痛和秘密都告訴你了？

一抬頭，又遇到太太那雙向下俯視，似嫵媚、似哀怨、又似諷刺，令人莫測高深的大眼睛，他記得在一個偶然的場合裏，第一次遇到她，就被那雙眼睛纏住了，而且纏得牢牢的，纏了我一生……。

「你願和他患難與共，白頭偕老嗎？」一個簡單的結婚儀式中，牧師問過自己又問她。

「我會的。」她說，聲音嬌甜而堅定，震動着他的心。

唉！愛情、婚姻、兒女，這本是構成美滿人生的要素，而我……。

他又想起初婚時，那一段短短的甜蜜日子，以及隨後滾滾而來的艱難歲月，她的吵鬧，和她的眼淚，自己的狼狽和痛苦。大陸淪陷後的香港，那種令人欲哭無淚的情況，到處看到衣衫破爛，向人伸手討錢的婦孺，躺在街頭走廊上過夜的難民。國破家亡之痛，生活的掙扎……憑自己在英國著名學府畢業的招牌，和老同學的幫忙，總算找到了一份足以維持小家庭簡單生活的工作。可是，那怎麼能滿足一個有「美人」之稱的少婦的心意，幾番爭吵後，她也出外工作了！做了媽媽，還是不甘守在家裏、孩子身傍，就憑上帝賦給她的資本，她很快就找到一份洋行經理的秘書工作，光是接接電話，也有好幾百港幣一月，比他的收入還多，做丈夫的，慢慢在太太面前抬不起頭了，可是，生活還得硬挺下去。……

仁仁隨着蜜蜜之後，不請自來。一再哀求她，爲了孩子，不要出去做事了，「我寧願做牛做馬，來維持這個家，也不願叫孩子啼饑號寒，沒人照管。」

「可是，你掙的那幾個錢能維持這個家嗎？說得倒好聽。我寧願孩子哭幾聲，也不願他們像個小乞丐，自己像個乞丐婆，那末破破爛爛的，我不工作，誰養活我？」

他永遠忘不了她說那幾句話時，那種盛氣凌人的樣子。自卑、自怨，最後，又祇有讓步的份兒……。

在笑貧不笑娼的半殖民地，實在活不下去了。千方百計，好容易，和臺灣的友人取得連繫，而且很幸運的，得到了一份在臺教書的工作。在自慶今後或可過一份平靜家庭生活的美夢中，買了船票。懷抱着仁仁剛進到亂糟糟的三等艙，她就把蜜蜜向自己面前一推說：糟了，我的手提包丟了，我得去找，一定丟在二姐那兒了，她二姐曾來碼頭送行的。也不等他答復，便三脚兩步拚命向外跑去，左等不回來，右等不回來，船開了，她始終蹤影全無。自己一手抱着六個月的仁仁，一手牽着一歲半的蜜蜜，急得像熱鍋上的螞蟻，孩子哭號、旅客喧鬧，望着滔滔滾滾的無情海水，眞恨不得跳下去一了百了。

在臺灣，幸得姑母家可以暫時安身。而奶娘，又湊巧逃到臺灣，丈夫死了，被姑母收留可以暫時代管孩子。當晚就發電報，要她立卽來臺，不料音信全無。兩星期後，却收到她二姐一封信，說她根本沒有去過她家，他們以爲她來臺了，沒有想到她上了船，又下了船，當日曾發生車禍，而且死者是個少婦，因爲無人認領，已由公事房埋葬了！」……

「爸爸，你回來了。」仁仁一頭撞進來，向父親深深一鞠躬，大聲歡呼說。

他如夢初覺，茫然地抬起頭來，茫然地望着兒子，半晌說不出話來。

「姐姐不在家，撞了車了，住在醫院裏，好可憐！」

「我知道了。」他低沉沉的說，握住兒子的手。「告訴爸爸你好嗎？」

「我好好，謝謝爸爸，我走路好小心，不會撞車。」

「聽說姐姐近來精神不大好，是嗎？」

「是的，她常常不高興，也不和我玩。」

「你知道甚麼原因，使得姐姐不高興嗎？」

「我不知道。」

「你一定得罪她了，你有時太淘氣，是不是？」

「不，不是我得罪她了，家裏來過一個客人，姐姐不准我說。」

「家裏來過一個客人？姐姐不准你說，爲什麼？什麼樣的客人？」

「一個女太太，好像由美國來的。」

「一個女太太？」他的心感到一陣震動，「由美國回來的？」他覺得全身都癱軟了，掙扎了一下，長長地吁了一口氣，「什麼時候來的？你看到嗎？奶媽在家嗎？」

「我看到的，我看到的。」看到父親不大對勁的樣子，仁仁連聲說。「她很時髦，很好看的樣子，不過是很老的樣子，奶奶到禮拜堂開姐妹會去了，沒有看到。姐姐不准我告訴奶奶。」

「爲什麼？爲什麼姐姐不要你告訴奶奶？」丁敎授虛弱的說。

「我不知道，姐姐說，不要告訴奶奶家裏來過客人，你如果說，我永遠不和你說話。」

哦，蜜蜜，可憐的孩子，我的才十二歲的女兒，我曾在神前立過願，我要盡我一切的力量，使我的孩子不要爲這不幸失去人生的歡樂……可是如今，誰想到……。

「爸爸。」看着茫然無主的父親，仁仁覺得有點不自在，大聲說。

「是的，孩子，那女太太是什麼時候來的，留了多久，和你們說了些什麼？」

「是姐姐生日的頭一天來的，我記得她說她是我們的阿姨，她知道明天是姐姐的生日，她好喜歡我們，還帶了外國糖給我們吃。」仁仁一手抹頭，一面說。「她還說了很多話，我記不淸了，她好像還說，我們的媽媽到那裏去了？爸爸對我們好不好？」

「除了她，還會有誰，可憐的蜜蜜，一定猜出來了。」他心裏說。

「我和姐姐兩個都說，我們的爸爸好好，好喜歡我們，我們的媽媽是世界上最好的媽媽。現在天堂裏，還領她到這兒來看……」

「以後呢？」

「她看了看天堂的媽媽，連聲說，『你們的媽媽好美呀，你看我像你們媽媽嗎？有不有她漂亮？』……」

「你們怎麼回答她呢？」

「姐姐說，我們不會看，不知道我們的媽媽漂不漂亮，祇知道她好愛我們，她上天堂去了，她的心還和我們在一起，」仁仁望着爸爸的眼睛說，他覺得爸爸的眼睛好像要逃避他的眼光，他不知爲什麼，要看個究竟，把心裏積了許久的許多話都向爸爸說出來。『她又說，是誰告訴你們這些的，你媽是什麼時候上天堂的？』

「是我們的爸爸說的，」我說。姐姐也說：「我們覺得我們的媽媽仍舊和我們生活在一起，她天天都和我們說話，照顧我們，別人覺不到，我們覺得到，因爲我們是她生出來的。說到這裏，姐姐突然哭了。」

「以後呢？」

「她也突然哭了，說是要看看姐姐和我的功課，姐姐把她的作文本給她看，第一篇是「我的家庭」，她看了，哭得好利害，說是有事要走了，下次要來看我們，祇把我的作業簿翻翻就走了，我們送她到門口，看到她走遠了，看不見了，才關門進來。姐姐忽然想起來說，也不知道她到那裏去了？住在那裏？仁仁，你不要和奶奶說家裏來過客人，如果你說，我永遠不理你！爸爸，你知道姐姐有時好利害，我眞的不敢說，怕她不帶我玩。」姐姐那天沒有吃晚飯，說是傷風頭痛，奶奶陪她到很晚才睡。第二天一早去上學，路上姐姐又說，弟弟，你看到嗎？我們媽媽嘴角上有顆小黑痣，那個阿姨嘴角上也有一顆小黑痣，而且是同一個部位。媽媽右邊的耳珠上有個小粒粒，她的右耳珠上也有個小粒粒，完全一摸一樣，好奇怪。」

好像有人用一把鐵鎚對準他的心房搥下去，他感覺有點招架不住、她還不肯放鬆我，把我折磨得還不夠嗎？他放開了仁仁，自己在屋子裏轉來轉去，想起在華盛頓曾遇到過她二姐夫，他當時告訴自己說：「婉婉和那個洋行經理又分手了，我早幾天遇到她，她說想去臺灣看看孩子。」

「她還要去臺灣看看孩子？她還記得孩子？請她高抬貴手，饒了這兩個無辜的小生命吧！可憐，他們一直相信媽媽在天堂，還一直早晚向她獻花道安，把她當他們生活的偶像般供奉着，請無論如何勸勸她，饒了他們，讓他們過幾年平靜的童年生活吧，難道，她給與孩子的還不夠嗎？

而且，她不是又有了孩子嗎，和那位新丈夫？」他向她的二姐夫衝着說。

「那個孩子早產不育，」她二姐夫平靜地說。記得大概三年以前，有一天，他忽然收到她由紐約寄來的信，信中說她現已懷孕，爲了使她將來的孩子有合法地位，她需要和她的現任丈夫補行一次正式婚禮。婚禮前還需要取得和他正式離婚的法律手續。她還附了一張協議離婚書，請他簽名，並問他有什麼條件。

他當時託一位律師朋友以他私人法律顧問身份回了她一封信，說明唯一的條件，是她以後不得來探看孩子，因爲她的孩子早認爲她升天了，而且相信她是他們最慈愛的母親，她成了他們敬愛的偶像，生活的憧憬。請她原諒他做父親的苦心，不要讓她的孩子知道原來敬愛的母親捨棄了他們，和她的上司私奔了！那會使他們受不了。她很快就回了信，同意照辦，她把給他的一份她自己先簽了名，另一份他簽名後已寄回她，現在他自己的一份還存在保險箱內。想不到她走投無路時，又來這一着。

「爸爸！」仁仁看見父親口內喃喃，獨自在屋內走來走去，心裏很害怕，緊張而又討好地跑過去，握住了父親的手說：「你過來坐下嘛，我還有話告訴你，你要不要聽嘛？」

「什麼事？你說吧？」

「你先坐下來嘛，」

「好，我坐，你說吧，」

「有一天姐姐突然告訴我說：我看到爸爸的日記了，奶奶要我幫她把爸爸的書櫃書箱內的書畫拿出去曬曬，無意中看到一本厚厚的簿子，上面寫了「血淚痕」幾個字，打開一看，原來是爸爸寫的日記。姐姐當時一面說一面流淚，「呵喲，我心裏好難過，我眞想大哭一場呢！」

「她怎能做這種事，她怎能偸看我的日記。」他用右手按住了卜卜跳的胸口說：「這孩子眞是越來越怪了。」

「爸爸，你甭怪姐姐好不好，她還說看了爸爸的日記，越發覺得爸爸偉大，我們要好好孝順爸爸才對！」

「……」

「有一天，她還說，仁仁你覺得嗎？我現在才覺得我們的媽媽是眞的死了，從我們心裏死了！我們是永遠沒有媽媽的人了！我問她爲什麼？她說不爲什麼，祇覺得那個什麼阿姨來過後，什麼都不對勁兒了。她還說，「仁仁，你不要傻里傻氣的，把我和你說的話都去和別人說，懂不懂？我們是親人嘛！」所以，除了爸爸，我沒有跟別人說過。

「你們都是好孩子，」丁教授掙扎着說。

「有一天，姐姐還說：仁仁，我覺得天堂裏的媽媽近來對我們笑的時侯，總是很生氣，很凶的樣子，我看了就害怕，功課都做不下去，讓我們把這張照片取下來好嗎？」我說爸爸回來問起來怎麼辦？姐姐說，也對，就算了，我不去看它就是了。」

丁教授祇覺得眼前迷迷糊糊的，什麼都看不清楚，耳中也一片嗡嗡地響，好像大病來臨，他想他也需要進醫院了。彷彿聽到仁仁說：「奶奶說：近來我們門口常常有一個怪里怪氣的女人轉來轉去，有時聽到門鈴聲，開門出去，總看到那個女人驚驚慌慌地走開去，眞奇怪，難道是個女瘋子？」

丁教授感覺身體好像懸在半空裏，四肢無着，六神無主。心裏想，祇可憐蜜蜜，什麼時候才能完全恢復身心健康呢？我如何向孩子說明這一切呢？如何收拾殘局呢？……

原載五十九年十月廿三日至十一月二日新生報副刊

阿嬌的世界

一雙明明亮亮的大眼睛，淡褐色的圓圓臉蛋，矮矮的個兒，短短的腿，走路，動作都是輕輕巧巧的，第一眼見到她我便想起失去的「露露」。的確，一眼望過去她多像一隻乖巧可愛的小胖貓呀。

阿嬌之進入我的生活也是一種偶然。記得那是一個秋日下午，我在新店五峯新村黃大姐家玩橋牌，輸了牌頗覺掃興，由牌棹上抬起頭來正迎着這雙明明亮亮的大眼睛，眼睛裏洋溢着一片和善的稚氣，「我給您添點熱茶好嗎？」她滿口童音輕輕柔柔的說。

「好，謝謝你。」面對那雙暖意襲人的眼睛我不自覺的笑起來。

「不謝，」她笑得又甜，又稚氣，露出雪白整齊的牙齒。

「這小女孩是那來的？」她退下後，我問黃大姐。

「是滿妹的小妹妹嘛。」黃大姐說。滿妹是黃大姐僱用的女孩子，那時也不過十八九歲吧。

「密士葉，你不是要找人幫忙嗎？」坐在沙發上看報的陳院長說。黃大姐的外子陳維倫先生那時正擔任淡江文理學院的院長。「我看這小女孩不錯。手脚靈活、做事踏實，比她姐姐還穩些。」

「倒是眞不錯，好可愛的。」我說，「可是小得很嘛，她家裏怎肯讓她出來幫人呢？」

「她已國小畢業，曾經幫過人了。現在正在找工作。她人小，你的事情也簡單嘛，不是正好嗎？」黃大姐說。「我還告訴你，她也姓葉，是你本家哩。」

陳先生立即把她們姊妹由厨房叫出來，三言兩語就說定了。第二天黃大姐親自爲我送了阿嬌來。我找人做家事，找了兩個多月都沒合適的，開心得有如中了愛國獎劵的特獎。旣是我本家，又逗人喜歡，我索興要她叫我「阿姑」。

不過，我還是開心得太快了一點兒。

當晚，我滿心歡喜的進入夢鄉。半夜醒來，室內光影朦朧，朦朧中似乎有什麼物體在我床邊晃動，奇怪，我由被內伸手來揉了揉眼睛，定睛向那白色物體看過去，像是人，又像物什麼的，的確在輕輕搖動。我感到渾身癱軟，半晌，才掙扎着說：「誰？」

那白色物體不動了，有幾分鐘之久呆在那裏像座石像。我的心却蹦，蹦，蹦的跳個不停，我使出了渾身的勁道兒大聲說：「誰？」

「是……我。」柔弱的小聲音囁嚅着。

出了什麼事？我拉開了床頭几上的枱燈，「是你！」瞪着那雙充滿怯情的大眼睛莫名其妙。

「阿嬌，你坐在這裏做什麼？」

「我……」她說，語音很模糊。「我在看你睡覺，一面自己唱音樂。」她那短小的身軀套在我的白絨布舊睡衣裏空空蕩蕩，看起來怪可笑，也怪可憐似的。

「甚麼？你說甚麼？」我一骨碌坐起來，床頭几上的小鐘正指着兩點正。「你半夜三更不睡覺，坐在這兒看我睡？還唱甚麼音樂？」我說。把「你瘋了」三個字硬吞了回去。

「外面風很大，我不要睡。」她說。「你的門沒扣好，我祇輕輕一推門就開了。」

我想痲煩來了。這孩子有問題，說的全是瘋話。什麼看我睡覺，唱音樂，黑茫茫中一個人坐着，搖着，不是瘋子，也差不多了。那一片稚氣的孩兒臉在燈光下灰暗暗的，我心上突然有種酸酸的感覺，她會不會初到一個陌生的地方一個人睡一個房間害怕呢？說是十六歲，我看她這樣稚弱矮小實際年齡恐怕祇有十三四歲吧？說十六歲祇為找工作方便些吧，「阿嬌，你是不是一個人睡一個房間害怕？趕快把你的舖蓋行頭搬過來，舖到我床的那一頭先睡一晚再說吧。」我儘量使聲音溫和些說。

「不，我喜歡坐在這兒，」她伸手把枱燈關了。「你睡吧。」

我又把枱燈拉開，「你坐在這兒搖，我怎麼睡得着？你行行好，幫幫忙吧。」我無可奈何說。俯就地，「外面風大，我一個人睡也害怕。」

她難爲情似的笑笑，默默的站了起來，僵局打開了，我鬆了一口氣。我的白絨布睡袍實在太長了，她用一根白色帶子緊緊的繫在腰上，將絨布睡衣儘量往上拉，以免拖地，所以渾身胖鼓鼓的。一段白帶子拖在腰後，走路時一擺，一擺的，像條小尾巴，更像一隻胖貓了。怪惹人發笑的，不過我驚魂甫定，笑不出來。見她的行頭裏沒有睡衣，把我的兩件舊睡袍給了她，本想明天教她改短一點，誰料她今晚就穿上了。

拿來行頭，睡下不到五分鐘，阿嬌便發出均勻的呼吸，沉沉地入睡了。而我却再也睡不沉。

第二天醒來較遲，坐起來向床的那端一看，小白胖貓不見了。我剛走出房門就聽到一陣輕柔的歌聲由厨房傳出來，我走到厨房門口向裏一看，咦！小白胖貓變成小火鷄了，她今天是一身舊咖啡色長袖細管，短衫長褲裝、腰上仍舊繫了帶子，上衣後下襬向上翹起來，頭上還包一條麻花色的舊頭巾，頭巾一角拖在後腦下面。她站在一張小矮凳上面窗背我，在洗茶具什麼的。原來洗菜臺太高，她夠不着，祇好借重小矮凳幫忙。她一面洗，一面唱，似乎開心得很呢。她的歌聲雖不宏亮，但甜暢而柔和，頗具磁性。我覺得那調子好熟，哦，原來她在唱聖詩，早晨（Morning）：

「清晨起來看，紅日出東方，雄壯像勇士，美好像新郎，天高飛鳥過，地濶野花香，照我勤工作，天父有恩光。」這首聖詩本有四節，可是她來來回回老是唱這一節。

我原想進厨房去教教她如何開始一天的工作，一腳踏進門檻，我又縮了回來，我發現爐火熊熊煤球已燃着了，熊熊的火上熱氣騰騰，壺裏的水也開滾了。廚房內到處亮光光的，也已打掃過了。我還有什麼可說呢？我折轉書房門口，向裏一看，又是一驚，書棹一角的小花瓶裏正有三朵帶露的玫瑰向我展顏微笑，書棹、茶几、沙發上到處都是乾乾淨淨，一絲不亂的。連几巾、小擺飾都從新整理過。好靈活的手脚，哈，阿嬌，可眞是個會變戲法的小精靈呀。窗外又傳來那磁性的歌聲，開始打掃院子了，她一面掃，一面唱，手的動作，和脚的步伐還合着歌曲的節拍。掃一陣，又一路唱着去整理窗下的玫瑰，小身軀搖搖擺擺的，大有樂在其中，旁若無人之概。

這妙人兒可眞是個快樂天使呢，大概出自一個雖不富有却很快樂的好家庭，我想，夜來暗影一掃而光。

「阿姑，你早餐吃甚麼？」她回到我身旁時我感到眼前一亮，快樂的小火鷄，搖身一變，變成道道地地的中學女生了。雪白襯衫、黑色的短裙、短短的直頭髮、淡淡素素的，不正是一二女中校園裏的女孩嗎？原來那套「火鷄裝」祇是她的工作服，可眞不含糊。

「我自己吃過了。你的一份留在冰箱，快去吃吧。」

「我早吃過泡飯了。」她咧嘴一笑，看來情緒甚佳。

「我們一同去南昌街買張小床，你索興睡到我房間裏來吧。」

「不，我現在已熟悉了這裏的環境，不會再吵你了。我好想自己有一個房間、有張書棹、現在正合我的心願。」

別看阿嬌年紀小，她說到做到。初來那夜的絕招兒的確再沒重演過。她做事乾淨俐落，有條不紊。來時，她還不會燒菜，不過半年，什麼都學會了。而且她燒的菜有她自己體會出來的妙訣，朋友們笑說：「阿嬌的菜可眞靑出於藍呢。」她還學會了以不同的訣竅燒咖啡、紅茶、可可；學會了做餃子、包子、蘿蔔絲餅、包粽子。不過做這些工作的時候，口裏仍是唱個不停：「紅日出東方，雄壯像勇士，美好像新郞……」小身軀仍是搖搖晃晃，看似瘋瘋傻傻，瘋傻之中又透着美德的光芒。不說半句假話，不浪費一文錢。她洗茶具的肥皂水留下洗餐具，洗衣服的肥皂水就着洗厨房和洗澡間。有次我們由黃大姐家回來，一出黃家大門她就說：「我們今天在明德新村乘車，祇走一站路，沿途看看好風景。」我想走走也好。我們在明德新村上了四十四路巴士，她向我得意的笑了，「我們坐巴士比乘公路車省了三分之二的車錢。」

「哦，原來如此。你不但是個歌唱大家，還是個經濟大家呀。」我也忍不住笑了。

不過，這位經濟大家老是爲別人打算，常常忘了自己。慢慢我又發現，阿嬌爲我打理書房時，常常望着書架上的書出神，眼睛裏流露渴慕的光芒：「阿嬌，你看什麼？」

「看看灰塵打抹乾淨沒有。」她難爲情似的笑笑回答我說。晚餐後，我們一同在院子乘涼，她終於按捺不住了：「阿姑，我有件事想求你，不知你肯不肯？」

「什麼事？你說吧。」

「我看你書架上有好多文藝書，借給我看看好嗎？」

「當然好呀，你為什麼不早說？」

原來求知的火焰一直在她小小的心內燃燒。於是由謝冰瑩的「女兵日記」，蘇雪林的「棘心」，一本，一本，不管是朋友送的，我自己購買的，都成了她的糧食。她工作的時候唱歌唱得搖頭晃腦，一閒下來便拚命啃書本，樂此不疲。我要她多練字，每天記日記，她從不間斷。

「阿嬌，你的歌喉比好些歌星還棒些，不如找個老師教教，將來做歌星才賺大錢呢。」我和她開玩笑。

她好氣，頭一昂，小嘴翹起來：「我才不要唱那些像貓叫狗叫的流行歌，唱得人心煩意亂的。我喜歡唱我自己滿心歡暢，使我想起一些可愛的事情的歌。」

「你的聖詩唱得眞好，你參加過教堂的聖詩班嗎？」

「我從來沒有進過教堂，祇在教堂門外走過。」

「你的爹媽在教會工作嗎？」

「不，他們都不信教，都早去世了。」

「你沒有爹媽了！」我眞大吃一驚，這樣有教養的孩子，誰教養成功的呢？「你家裏還有什麼人，你的聖詩是誰教你的呢？」

「我家裏還有哥哥嫂嫂，那些歌是我小時打工學的。」

「小時打工學的？你家住在那裏？打什麼工呀？」

「我們是客家人，住在新竹，靠近大學堂。我才三歲我媽就死了，十一歲小學才畢業我爸又死了。我要養活我自己，還要幫幫大嫂的忙，到處找工作，替大學裏的教授家裏洗衣、打掃、帶孩子。開始他們見我小，都不想用我。我說：你們試試看，頭幾天你們不給工錢好了，我做不好你們就不用我。後來他們都很喜歡我，還給我衣服、糖果。我也替那些大學生洗衣服，他們都疼我，我唱的歌都是他們教的，他們還說一些偉大的故事給我聽。」

「眞想不到你這麼小，就做過這樣多事。你哥哥呢？還活着嗎？」我想一定哥哥也死了，她小時才要養活自己，還要幫嫂嫂養家，好可憐的孩子。

「當然，活着，活着。」她趕緊說，似是有所忌諱。

「你哥哥不養家嗎？難道他的健康有問題？」

「我哥哥身體才棒呢，他是殺猪的。手藝好，生意不錯。可惜他在桃園，那邊又有了個小太太，小太太也生了孩子，所以顧不到我們這一邊了。」

天哪，好一個哥哥。「就祇一個哥哥嗎？」

「還有一個小哥哥。他大我十歲，還沒有結婚，他在士林一家染廠工作，待遇不錯。他要交交女朋友，他的錢他自己用還嫌少，還不時向我借。」阿嬌平靜的說。

原來有其兄，還有其弟。「你的大嫂的孩子們呢？」

「她的孩子小的還在唸小學，大女兒和我同歲，一直在唸書，她好棒呵，現在唸一女中了。」

「阿嬌，你也很聰明，你不想唸書嗎？」

「如果我不做工賺錢，也要唸書，那就大家唸不成，也活不成了。現在總算家裏有個唸中學的女生。」

「如果你想唸，現在還來得及。你可以住在我這裏，我可以幫幫你。」

「我好容易現在才安定下來，可以學學東西。唸書，丟久了，也考不取學校了。」她嚴肅的說，「現在我祇想存點錢幫助我小哥哥結婚成家。我小哥哥好可憐，他小時家裏領了個小養女準備給他做太太的，人家長得漂亮，又嫌我家窮，跑回自己家不回來了。」

「你幫了大哥一家的忙，還要幫小哥哥結婚成家，你自己呢？阿嬌，你忘記你自己了。」

「我？我現在不是好好的嗎？唉，」她長長地嘆了一口氣，「我最怕看一家人都哭着臉。祇要大家都高高興興，我情願自己拚命工作，工作並不苦。」

天哪！那麼短小的身軀，那麼窄窄的小肩膀，那麼稚氣怯怯的眼神，她竟要一肩挑起一家人生活幸福的擔子，那麼沉重的擔子，不要把她壓碎嗎？我衝口說：「阿嬌，別老管他們這，管他們那，他們都比你大，比你自私，他們本應該照顧你的，反過來要你幫助他們，太不應該。你要好好為自己想想，我們一同來想。」

「唉，」她又嘆氣了，「現在他們都很苦，都比不上我在這裏舒服。不幫幫他們我心上過不去，我想好日子總會來的。」

我感到羞愧了。一時說不出話來。

「阿姑，你教教我英文好嗎？在你這裏努力學習不也和進學校一樣嗎？」

於是，她又開始了學英語，而且進步很快。她每天練字，又天天記日記，文字也越來越流暢，還頗帶情感。此外她還為我抄寫文稿、剪報、貼報、整理資料，這些工作她都能勝任愉快，唯有「女紅」一門，不管我怎麼教，她的手腦硬是不靈光，對此，她也始終不感興趣。

雙十節到了，阿嬌很興奮，「阿姑，雙十節學校放假，我那在一女中唸書的侄女想留在城裏看熱鬧，讓她在我房裏睡兩晚好嗎？」她把一女中三字說得特別響，顯然以她那位侄女為榮。「我還想借支點工資，我要請請她，讓她好好玩兩天。」

我頭一次給她工資時，就帶她在附近銀行開了按期存款戶頭。所以她手上的錢是有限的，我如數給了她，忍不住說：「阿嬌，你還頂會做長輩嘛。」

她笑得好開心。平時阿嬌是與我共餐的，侄女來了，她告訴我她和她侄女在廚房吃，她另外加了菜。還孝敬我一隻雞腿，說是另一隻她和侄女兩人吃。「阿嬌，我們的菜加上你侄女也儘夠，你賺多少錢一月？快帶侄女一同來吃，明天不準加菜了。」聽了我的話把侄女帶了來，一直在我面前誇她侄女聰明，很得意。飯後，我以為她侄女要幫她收拾碗筷去洗，很遺憾，她坐在那裏一動不動，還悠閒地喝阿嬌泡上的龍井茶，頗有小姐派頭。

「你陪代表談談，代表很有學問。」阿嬌向她侄女說：「我洗好碗筷，我們就上街看熱鬧去。」

望着阿嬌興高彩烈的樣兒，我說不出是爲她感到高興，還是悲傷。黃昏時分她們一路笑着回來。不一會前院又揚起一片口琴聲，原來她支借的工資爲她侄女買了一雙皮鞋，買了一隻口琴，兩人還看了一場電影。愛人爲快樂之本，阿嬌似乎比誰都懂得透澈。想不到沒幾天我由外面回來，她就紅腫着一雙大眼睛一面哭，一面訴說，在前院和一個十分粗野的男人發生爭辯。我一怔，是那來的粗漢敢在我處欺負她？「阿嬌，什麼事？」我存心瞪着那人問她。「對不起，」她嗚咽說。「他是我大哥，我家有急事要錢用，謝謝你再借我兩百元好嗎？」

她固定每月寄二百元給她大嫂的，這個月侄女來了，把所有的錢花光寄不出，所以問題就來了。她的大哥走後，我以爲她對我有所訴說，可是沒有。她照樣拚命哨書，照樣把每樣工作做好，照樣唱歌，是我過敏嗎？我突然感到她那虔敬的歌聲中有淚。我現在了解她爲什麼整天唱，專唱一些鼓舞人心深具意義的歌了。她在創造自己的小天地，使自己在美好的夢境中活下去。

時間過得很快，阿嬌來我處已經兩年多快三年了。三年中臺灣的經濟已步向繁榮，漸漸由農業轉向工業，許多鄉村女孩都來到都市，進了工廠體會了羣體生活，也吸收了許多新知識，經濟自立了，懂得追求幸福的將來，必須不斷追求新知。所以她們有志向的都是一面在工廠工作，一面進夜校讀書。一些工商職校、夜校、補習班也如雨後春筍般應運而生。那些學校錄取標準不高，對少時失學不幸的一羣很合適，也很有幫助。阿嬌的姐姐也離開了黃大姐家進電子工廠了。

阿嬌幼時的鄰居女伴也不少一面在工廠工作，一面在夜校讀書。到了星期天她們都打扮得花枝招展的像彩蝶一般飛向臺北，或郊區，看得阿嬌眼花撩亂。有次她們走後，她向我說：「她們都像長了翅膀了，到處飛。」言下頗有感慨，「可是，我總覺得她們亂糟糟似的，我不喜歡亂糟糟。」

時光無情亦有情。有秋冬的凋零，也有春夏的萌芽成長，它使人們低徊惆悵，它也給人們鼓舞歡欣。對少女少男來說，他們希望自己快速成長、成熟、遠超過願意自己永遠留在妙齡階段。阿嬌的小姐姐二十一歲的生日到了，這表示她已成人。阿嬌好興奮，姐姐打電話來要她準備這，準備那，因爲她要擧行慶生宴。阿嬌做了一隻又肥又大的鹽鷄、一隻醬蹄膀、二十個鹽茶鷄蛋，還定了一個「生日快樂」的蛋糕。當然是在美好的歌聲中完成這些工作的。還坐上計程車直奔新店。姐姐在電話中說明她會爲阿嬌代付車資的。我以爲她要很晚才回來，想不到九點鐘剛過門鈴就響了，更奇怪的是那雙明明亮亮的大眼睛又紅又腫。

「阿嬌，發生了什麼事嗎？」我的眼睛也睜大了。

她搖頭，揩眼淚。

「爲什麼高高興興的去，哭着回來，哭什麼？」

「我也不知爲什麼。」我問急了，她哽咽着。「大概我今天太興奮，又太累了，我小姐姐今天打扮好漂亮呵，像個新娘子，她借了我的錢不還，都做了新衣服。她今天請了兩個男孩子，一個女同事，她什麼也沒準備，大家就吃我帶去的東西，有個男孩子送了一隻西瓜，另一個男孩子送了她化粧品。屋子裏弄得一塌糊塗，都是我收拾，他們就會鬧，吃完了他們去遊碧潭，還要我一個人留着給他們燒綠豆稀飯宵夜，我好悶，不等她們就回來了。」

她終於反抗了。紅腫之外，我發現阿嬌眼睛裏有些和以前不同的光芒。我好糊塗，阿嬌長大了，再不是傻小孩了，她比來時高了許多，小胸部也凸凸的隆起來，昔日她祇求安全和安定，現在她已懂得更多，夢幻也不再像昔日單純了。她今天傷心的哭，並不是因她姐姐借錢不還她，也不在乎姐姐那份自私，自己不動手做事，又大敲她的竹槓，這些她都承受慣了。她在乎的是自尊心受了損傷，她被人冷淡了。她姐姐很會招惹人，會受到男孩子的殷勤和巴結，而她，人家還會把她當小傻子看。她是一個多麼自重自強的孩子。她一直努力去愛人，她又多麼渴望自己被愛，不管是那一種的愛。呵，青春，多少青春兒女被它所戲，所惱？

是她內心的「愛力」所顯示的魔力嗎？她，阿嬌不知打從什麼時候起，已出落得像小玉女了。無談舉止談吐，都嫻雅得體，一股脫俗的清新之氣，像花的芳香一樣幽幽散發。儘管爲了省錢，她還一直在穿我外甥女的舊衣服，又從不打扮。至於知識方面的進步，更是驚人。這提醒我，該替阿嬌設計、設計如何發展她自己。我還沒有設計好，阿嬌心有成竹地作了決定了：

「阿姑，我去讀書好不好？」她停了一停，不待我開口，一直說下去：「現在我大嫂的兩個男孩子都在高雄加工出口區工作，待遇很好。我最苦的四姐一家近來生活也好了，她在軍中退役的丈夫所開墾的荒地，辛苦了幾年，現在有很大的收益，孩子們也大了，他們大家都好了，我祇要管我自己了。」好像由一個漫長的旅程到了歇脚站，阿嬌長長的嘆了一口氣，「我小姐姐下個月就結婚，她在電子工廠的工作可以讓給我。工廠下午四點鐘就下班，我可在附近的開明工商夜校就讀，住學校宿舍，自己維持自己夠了。不過，我要等你找好了人才走。」

過去，不管她姐姐如何拖她去工讀，阿嬌硬是不肯，我總以爲她小，沒有勇氣面對複雜的環境。沒有想到她還是爲的要照顧家人。「好日子總會來的。」我想起阿嬌曾經這樣說過，如今，她的好日子終於來了，除了全力支持和鼓勵，我好意思說個「不」字麼？

說好了她來我處度週末假期的。每次來總是穿她嚮往已久的學校制服。總要帶點我喜愛的吃的，或小玩意來。雖然生活苦一點，她看來很快樂，而且快樂得很單純。大約一年後，她漸漸少來了，大概有了男朋友了。我想，爲她高興，也有幾分爲她躭心。她太單純了，有時單純也會給人帶來痛苦。終於有一天阿嬌來了，談起來，才知道她每個週末都要去新店文山山上，去照顧一個由大陸來臺的孤苦老婆婆，爲她提水，洗衣被，打掃房屋，並在那裏伴她住一晚，解解她的寂寞。

「她和誰一同來的呢？你怎麼認識她的呢？」我說。

「她和她原來被僱用人家的主母一同來的。那個主母病了好些年死了，她就無家可歸了。是我們的國文老師帶我們去那兒幫幫她。有一天老師在山上散步，偶然發現她。我自己沒娘嘛，她喜歡我，我就拜她做乾媽了。」

原以爲她戀愛了。阿嬌又出奇制勝推翻了我的想像。眞沒想到她現在愛的是一個貧苦的老婆婆，她一直在爲他人忙，忙個沒完呢。阿嬌的心靈有無窮的寶藏，隨時都在閃光放亮，我心裏想。

「阿姑，我帶一個人來看你好嗎？」一天，她在電話中說。

「當然好。誰？是你乾媽嗎？」

「來了你就知道。」她和我賣關子。

她把「人」帶來了，我不禁又吃一驚，站在門口的是一個英俊挺拔的阿兵哥。英俊挺拔之中，還帶幾分文雅，年齡比她大不了多少。

「阿姑，他是黃××，是我的高班同學，畢業了，現在服兵役。」

我心裏有數了。坐了好半天，她帶來的人才走，言談之間發現這個青年人不特外表英俊，而且很實際，很有見識，也有理想。阿嬌留下來在我處吃飯，我問她：

「阿嬌，你帶來的人，是你的男朋友吧？」

「阿姑，你說這個人怎麼樣呢？」

「你認識他多久了？」

「我進學校不久就認識他，是國文老師介紹的。」

「妳覺得他怎樣呢？」

「我也不知道，他對我很照顧，也很誠實，讀書和能力都不錯，」阿嬌說。「你說呢？」

「我給他八十分。」我說：「他是個好青年，阿嬌、你記住。」

「八十分太多了，」阿嬌臉紅了，「六十分都是好的。」

這一對，於去年雙十節日，在新店擧行結婚典禮。我看着英俊沉健的新郎，挽着阿嬌的手步入禮堂時，耳邊彷彿響起了阿嬌每日清晨所唱的歌聲：「——雄壯像勇士，美好像新郎。」她一心嚮往的那份安全感，於今總算如願以償了。雖然經過長長的苦難歷程。新婚宴上新郎一再和我說，阿嬌在我處學到許多美好的東西，也得到一些看不見的珍貴東西。看着阿嬌那鐵石心腸不肯參加她四姐、和小姐姐婚禮，還鬧着要聘金的大哥，她四姐夫婦、小哥哥和他新婚的美麗太太，還有她小姐姐夫婦，她那白髮蒼蒼的乾媽，她的國文老師，我彷彿看到新娘頭上有一道光圈，把這些人一個一個用愛的光圈串起來了。我心裏明白，新郎的話應反過來，我由阿嬌那豐富的心靈寶藏中，得到很多，也學到很多。

當代西方哲學與方法論	臺大哲學系主編
人性尊嚴的存在背景	項退結編著
理解的命運	殷鼎著
馬克斯・謝勒三論	阿弗德・休慈原著、江日新譯
懷海德哲學	楊士毅著
洛克悟性哲學	蔡信安著
伽利略・波柏・科學說明	林正弘著
宗教類	
天人之際	李杏邨著
佛學研究	周中一著
佛學思想新論	楊惠南著
現代佛學原理	鄭金德著
絕對與圓融——佛教思想論集	霍韜晦著
佛學研究指南	關世謙譯
當代學人談佛教	楊惠南編著
從傳統到現代——佛教倫理與現代社會	傅偉勳主編
簡明佛學概論	于凌波著
圓滿生命的實現（布施波羅密）	陳柏達著
薝蔔林・外集	陳慧劍著
維摩詰經今譯	陳慧劍譯註
龍樹與中觀哲學	楊惠南著
公案禪語	吳怡著
禪學講話	芝峯法師譯
禪骨詩心集	巴壺天著
中國禪宗史	關世謙著
魏晉南北朝時期的道教	湯一介著
社會科學類	
憲法論叢	鄭彥棻著
憲法論衡	荆知仁著
國家論	薩孟武譯
中國歷代政治得失	錢穆著
先秦政治思想史	梁啟超原著、賈馥茗標點
當代中國與民主	周陽山著
釣魚政治學	鄭赤琰著
政治與文化	吳俊才著
中國現代軍事史	劉馥著、梅寅生譯
世界局勢與中國文化	錢穆著

中華文化十二講　錢　穆　著
民族與文化　錢　穆　著
楚文化研究　文崇一　著
中國古文化　文崇一　著
社會、文化和知識分子　葉啟政　著
儒學傳統與文化創新　黃俊傑　著
歷史轉捩點上的反思　韋政通　著
中國人的價值觀　文崇一　著
紅樓夢與中國舊家庭　薩孟武　著
社會學與中國研究　蔡文輝　著
比較社會學　蔡文輝　著
我國社會的變遷與發展　朱岑樓主編
三十年來我國人文社會科學之回顧與展望　賴澤涵　編
社會學的滋味　蕭新煌　著
臺灣的社區權力結構　文崇一　著
臺灣居民的休閒生活　文崇一　著
臺灣的工業化與社會變遷　文崇一　著
臺灣社會的變遷與秩序(政治篇)(社會文化篇)　文崇一　著
臺灣的社會發展　席汝楫　著
透視大陸　政治大學新聞研究所主編
海峽兩岸社會之比較　蔡文輝　著
印度文化十八篇　糜文開　著
美國的公民教育　陳光輝　譯
美國社會與美國華僑　蔡文輝　著
文化與教育　錢　穆　著
開放社會的教育　葉學志　著
經營力的時代　青野豐作著、白龍芽　譯
大眾傳播的挑戰　石永貴　著
傳播研究補白　彭家發　著
「時代」的經驗　汪琪、彭家發　著
書法心理學　高尚仁　著

史地類

古史地理論叢　錢　穆　著
歷史與文化論叢　錢　穆　著
中國史學發微　錢　穆　著
中國歷史研究法　錢　穆　著
中國歷史精神　錢　穆　著

國史新論	錢　穆	著
秦漢史	錢　穆	著
秦漢史論稿	邢義田	著
與西方史家論中國史學	杜維運	著
中西古代史學比較	杜維運	著
中國人的故事	夏雨人	著
明朝酒文化	王春瑜	著
共產國際與中國革命	郭恒鈺	著
抗日戰史論集	劉鳳翰	著
盧溝橋事變	李雲漢	著
老臺灣	陳冠學	著
臺灣史與臺灣人	王曉波	著
變調的馬賽曲	蔡百銓	譯
黃帝	錢　穆	著
孔子傳	錢　穆	著
唐玄奘三藏傳史彙編	釋光中	編
一顆永不殞落的巨星	釋光中	著
當代佛門人物	陳慧劍	編著
弘一大師傳	陳慧劍	著
杜魚庵學佛荒史	陳慧劍	著
蘇曼殊大師新傳	劉心皇	著
近代中國人物漫譚・續集	王覺源	著
魯迅這個人	劉心皇	著
三十年代作家論・續集	姜　穆	著
沈從文傳	凌　宇	著
當代臺灣作家論	何　欣	著
師友風義	鄭彥棻	著
見賢集	鄭彥棻	著
懷聖集	鄭彥棻	著
我是依然苦鬥人	毛振翔	著
八十憶雙親、師友雜憶（合刊）	錢　穆	著
新亞遺鐸	錢　穆	著
困勉強狷八十年	陶百川	著
我的創造・倡建與服務	陳立夫	著
我生之旅	方　治	著
語文類		
中國文字學	潘重規	著

中國聲韻學	潘重規、陳紹棠 著
訓詁通論	吳孟復 著
翻譯新語	黃文範 著
詩經研讀指導	裴普賢 著
陶淵明評論	李辰冬 著
鍾嶸詩歌美學	羅立乾 著
杜甫作品繫年	李辰冬 著
杜詩品評	楊慧傑 著
詩中的李白	楊慧傑 著
司空圖新論	王潤華 著
詩情與幽境——唐代文人的園林生活	侯迺慧 著
唐宋詩詞選——詩選之部	巴壺天 編
唐宋詩詞選——詞選之部	巴壺天 編
四說論叢	羅盤 著
紅樓夢與中華文化	周汝昌 著
中國文學論叢	錢穆 著
品詩吟詩	邱燮友 著
談詩錄	方祖燊 著
情趣詩話	楊光治 著
歌鼓湘靈——楚詩詞藝術欣賞	李元洛 著
中國文學鑑賞舉隅	黃慶萱、許家鶯 著
中國文學縱橫論	黃維樑 著
蘇忍尼辛選集	劉安雲 譯
1984	GEORGE ORWELL原著、劉紹銘 譯
文學原理	趙滋蕃 著
文學欣賞的靈魂	劉述先 著
小說創作論	羅盤 著
借鏡與類比	何冠驥 著
鏡花水月	陳國球 著
文學因緣	鄭樹森 著
中西文學關係研究	王潤華 著
從比較神話到文學	古添洪、陳慧樺主編
神話卽文學	陳炳良等譯
現代散文新風貌	楊昌年 著
現代散文欣賞	鄭明娳 著
世界短篇文學名著欣賞	蕭傳文 著
細讀現代小說	張素貞 著

現代詩學	蕭蕭著
詩美學	李元洛著
詩學析論	張春榮著
橫看成嶺側成峯	文曉村著
大陸文藝論衡	周玉山著
大陸當代文學掃瞄	葉穉英著
走出傷痕——大陸新時期小說探論	張子樟著
兒童文學	葉詠琍著
兒童成長與文學	葉詠琍著
增訂江皋集	吳俊升著
野草詞總集	韋瀚章著
李韶歌詞集	李韶著
石頭的研究	戴天著
留不住的航渡	葉維廉著
三十年詩	葉維廉著
讀書與生活	琦君著
城市筆記	也斯著
歐羅巴的蘆笛	葉維廉著
一個中國的海	葉維廉著
尋索：藝術與人生	葉維廉著
山外有山	李英豪著
葫蘆·再見	鄭明娳著
一縷新綠	柴扉著
吳煦斌小說集	吳煦斌著
日本歷史之旅	李希聖著
鼓瑟集	幼柏著
耕心散文集	耕心著
女兵自傳	謝冰瑩著
抗戰日記	謝冰瑩著
給青年朋友的信(上)(下)	謝冰瑩著
冰瑩書柬	謝冰瑩著
我在日本	謝冰瑩著
人生小語(一)～(四)	何秀煌著
記憶裏有一個小窗	何秀煌著
文學之旅	蕭傳文著
文學邊緣	周玉山著
種子落地	葉海煙著

向未來交卷	葉海煙 著
不拿耳朶當眼睛	王讚源 著
古厝懷思	張文貫 著
關心茶——中國哲學的心	吳怡 著
放眼天下	陳新雄 著
生活健康	卜鍾元 著
美術類	
樂圃長春	黃友棣 著
樂苑春回	黃友棣 著
樂風泱泱	黃友棣 著
談音論樂	林聲翕 著
戲劇編寫法	方寸 著
戲劇藝術之發展及其原理	趙如琳譯著
與當代藝術家的對話	葉維廉 著
藝術的興味	吳道文 著
根源之美	莊申 著
中國扇史	莊申 著
立體造型基本設計	張長傑 著
工藝材料	李鈞棫 著
裝飾工藝	張長傑 著
人體工學與安全	劉其偉 著
現代工藝概論	張長傑 著
色彩基礎	何耀宗 著
都市計畫概論	王紀鯤 著
建築基本畫	陳榮美、楊麗黛 著
建築鋼屋架結構設計	王萬雄 著
室內環境設計	李琬琬 著
雕塑技法	何恆雄 著
生命的倒影	侯淑姿 著
文物之美——與專業攝影技術	林傑人 著